TRANZLATY

Sprache ist für alle da

Taal is voor iedereen

Die Verwandlung
De Gedaanteverwisseling

Franz Kafka

Deutsch
Nederlands

www.tranzlaty.com

Teil Eins
Deel één

Gregor Samsa erwachte eines Morgens aus unruhigen Träumen.
Gregor Samsa werd op een ochtend wakker uit verontrustende dromen.
Er befand sich in seinem Bett, konnte sich aber nicht bewegen.
Hij bevond zich in bed, maar kon zich niet bewegen.
Er war in ein monströses Ungeziefer verwandelt worden.
Hij was veranderd in een monsterlijk ongedierte.
Er lag auf dem Rücken, der sich hart wie eine Rüstung anfühlte.
Hij lag op zijn rug, die hard aanvoelde als een pantser.
Indem er den Kopf ein wenig hob, konnte er seinen Bauch sehen.
Door zijn hoofd een beetje op te tillen, kon hij zijn buik zien.
Sein Bauch aber war gewölbt und in Segmente unterteilt.
Maar zijn buik was gewelfd en verdeeld in segmenten.
Die Decke lag auf seinem runden Bauch.
De deken lag op zijn ronde buik.
Die Decke war jedoch kurz davor, ganz herunterzurutschen.
Maar de deken dreigde helemaal naar beneden te glijden.
Seine Beine wirkten im Vergleich zu ihrer üblichen Größe jämmerlich.
Zijn benen waren zielig klein in vergelijking met hun normale omvang.
Und seine vielen Beine flackerten hilflos vor seinen Augen.
En zijn vele poten bewogen hulpeloos voor zijn ogen.
„Was ist nur mit mir geschehen?", dachte er bei sich.
'Wat is er met me gebeurd?' dacht hij bij zichzelf.
Aber es war kein Traum, aus dem er nicht erwachen konnte.
Maar het was geen droom waaruit hij niet kon ontwaken.
Es war tatsächlich sein eigenes Zimmer, in dem er sich wiederfand.
Hij bevond zich daadwerkelijk in zijn eigen kamer.

Ein richtiges Zimmer für Menschen, aber leider etwas zu klein.

Een echte kamer voor mensen, maar net iets te klein.

Er lag still zwischen den vier bekannten Mauern.

Hij lag rustig tussen de vier bekende muren.

Auf dem Tisch befand sich eine Sammlung von Textilmustern.

Op de tafel lag een verzameling textielstalen.

Samsa war Handelsreisender, daher die Muster.

Samsa was een reizende verkoper, vandaar de monsters.

Über den auseinandergenommenen Textilproben hing ein Bild.

Boven de gedemonteerde textielmonsters hing een afbeelding.

Er hatte das Bild erst vor Kurzem aus einer Zeitschrift ausgeschnitten.

Hij had de afbeelding kort daarvoor uit een tijdschrift geknipt.

Er hatte das Bild in einen hübschen, vergoldeten Rahmen gefasst.

Hij had de foto in een mooie, vergulde lijst geplaatst.

Das gerahmte Bild zeigte eine aufrecht sitzende Dame.

Op de ingelijste foto was een dame te zien die rechtop zat.

Sie trug eine Pelzmütze und hatte einen Pelzmuff.

Ze droeg een bontmuts en een bontmouwtje.

Sie hob ihre Hand in Richtung des Betrachters des Bildes.

Ze stak haar hand op naar de kijker van de foto.

Ihr ganzer Unterarm verschwand in ihrem schweren Pelzmuff.

Haar hele onderarm verdween in haar dikke bontmouw.

Gregor blickte aus dem Fenster auf das trübe Wetter.

Gregor keek door het raam naar het sombere weer.

Man konnte hören, wie schwere Regentropfen gegen das Fenster prasselten.

Men kon het geluid van zware regendruppels tegen het raam horen.

Das graue Wetter stimmte ihn sehr melancholisch.

Het grijze weer maakte hem erg melancholisch.

„Wie wäre es, wenn ich noch ein bisschen länger schlafe?", dachte er.

'Wat als ik nog even wat langer slaap?' dacht hij.

"Mehr Schlaf könnte mir helfen, diesen Unsinn zu vergessen."

"Meer slaap zou me kunnen helpen deze onzin te vergeten."

Länger zu schlafen war jedoch völlig unmöglich.

Maar langer slapen was volstrekt onmogelijk.

Weil er es gewohnt war, auf seiner rechten Seite zu schlafen.

Omdat hij gewend was om op zijn rechterzij te slapen.

Sein aktueller Zustand schränkte jedoch seine üblichen Bewegungsfreiheiten ein.

Maar zijn huidige toestand verhinderde hem om zich normaal te bewegen.

Er hatte keine Möglichkeit, in diese Lage zu gelangen.

Hij had zichzelf onmogelijk in deze positie kunnen brengen.

Er versuchte sein Bestes, sich auf die rechte Seite zu werfen.

Hij deed zijn best om zich op zijn rechterzij te gooien.

Er hat diese Bewegung wahrscheinlich hundertmal versucht.

Hij heeft deze beweging waarschijnlijk wel honderd keer geprobeerd.

Aber er kippte immer wieder in die Rückenlage zurück.

Maar hij zakte steeds weer terug in de rugligging.

Er schloss die Augen, um seine unruhigen Beine nicht sehen zu müssen.

Hij sloot zijn ogen om zijn onrustige benen niet te hoeven zien.

Am Ende hinderten ihn seine Schmerzen daran, es noch einmal zu versuchen.

Uiteindelijk weerhield de pijn hem ervan om het opnieuw te proberen.

Ein dumpfer Schmerz in der Seite, den er noch nie zuvor gespürt hatte.

Een doffe pijn in zijn zij die hij nog nooit eerder had gevoeld.

„Oh Gott", dachte Gregor Samsa verzweifelt bei sich.

"Oh God," dacht Gregor Samsa wanhopig bij zichzelf.

"Was für einen anstrengenden Beruf ich mir da doch ausgesucht habe!"

"Wat een zwaar beroep heb ik toch gekozen!"

„Ich muss beruflich Tag für Tag reisen.“

"Dag in, dag uit moet ik voor mijn werk rondreizen."

„Büroarbeit ist viel einfacher als die Arbeit unterwegs.“

"Kantoorwerk is veel gemakkelijker dan werken onderweg."

„Und ich habe den Fluch, ständig reisen zu müssen.“

"En ik heb de vloek dat ik veel moet reizen."

„Die ganze Sorge, die Züge nicht rechtzeitig zu verpassen.“

"Al die zorgen over op tijd komen voor de trein."

„Meine Mahlzeiten sind unregelmäßig und das Essen ist schlecht.“

"Ik eet onregelmatig en het eten is slecht."

„Meine Freunde wechseln ständig, je nachdem, wo ich hinziehe.“

"Mijn vrienden verhuizen steeds van stad naar stad."

„Meine Interaktionen sind kühl und professionell.“

"De interacties die ik heb zijn afstandelijk en professioneel."

„Sollen sich doch die Teufel mit solchen Arbeiten vergnügen!“

"Laat de duivel zich maar vermaken met dit soort werk!"

Er verspürte ein leichtes Jucken im oberen Bereich seines Bauches.

Hij voelde een lichte jeuk boven op zijn buik.

Er stemmte sich mit dem Rücken gegen den Bettpfosten.

Hij drukte zich met zijn rug tegen de bedpaal.

Er wollte seinen Kopf besser heben können.

Hij wilde zijn hoofd beter omhoog kunnen houden.

Er fand die juckende Stelle, die ihn plagte.

Hij vond de jeukende plek die hem dwarszat.

Sein Kopf schien mit kleinen weißen Punkten bedeckt zu sein.

Zijn hoofd leek bedekt te zijn met kleine witte puntjes.

Was diese kleinen weißen Punkte waren, konnte er nicht sagen.

Wat die kleine witte puntjes waren, kon hij niet zeggen.

Er hatte geplant, die Stelle mit einem seiner Beine zu berühren.

Hij was van plan geweest de plek met een van zijn benen aan te raken.

Doch als er die Stelle berührte, verspürte er ein seltsames Frösteln.

Maar toen hij de plek aanraakte, voelde hij een vreemde rilling.

Daraufhin zog er sein Bein sofort von der Stelle weg.

Hij trok zijn been dus onmiddellijk van die plek weg.

Ihm blieb nichts anderes übrig, als das Jucken zu ertragen.

Hij had geen andere keus dan het jeukende gevoel te accepteren.

Und er kehrte in seine vorherige Position im Bett zurück.

En hij keerde terug naar zijn vorige positie in bed.

„Wer so früh aufwacht, wird echt ziemlich dumm.“

"Zo vroeg opstaan maakt je echt behoorlijk dom."

„Ein Mann braucht genug Schlaf“, dachte er sich.

'Een mens moet genoeg slapen,' dacht hij bij zichzelf.

„Die anderen Handelsreisenden leben in Luxus.“

"De andere handelsreizigers leiden een luxeleven."

„Morgens übermittle ich die erhaltenen Bestellungen.“

" 's Ochtends verwerk ik de bestellingen die ik heb ontvangen."

„Währenddessen frühstücken die Herren noch.“

"Ondertussen zijn die heren nog steeds aan het ontbijten."

„Stellen Sie sich nur vor, ich würde das bei meinem Chef versuchen.“

"Stel je eens voor dat ik dat bij mijn baas zou proberen."

„Er würde mich feuern, bevor ich mit dem Frühstück fertig bin.“

"Hij zou me ontslaan voordat ik mijn ontbijt op had."

„Aber vielleicht wäre das auch nicht das Schlimmste.“

"Maar misschien zou dat ook niet het ergste zijn."

„Das Problem ist, dass meine Eltern mich zurückhalten.“

"Het probleem is dat mijn ouders me tegenhouden."

„Ohne sie hätte ich schon längst gekündigt.“

"Als zij er niet waren geweest, had ik al ontslag genomen."

„Ich hätte mich dem Chef entgegengestellt und es ihm gesagt."

"Ik zou tegen de baas in zijn gegaan en het hem gezegd hebben."

„Ich würde genau sagen, was ich von ihm und der Stelle halte."

"Ik zou precies zeggen wat ik van hem en zijn baan vind."

„Er würde vom Schreibtisch fallen, wenn ich ihm alles erzählen würde!"

"Hij zou van zijn bureau vallen als ik hem alles vertelde!"

„Es ist sehr seltsam, wie er an seinem Schreibtisch sitzt."

"Het is heel vreemd hoe hij op zijn bureau zit."

„Seine Art, mit seinen Untergebenen zu sprechen, ist nicht in Ordnung."

"De manier waarop hij met zijn ondergeschikten praat, is niet goed."

„Und das Schlimmste ist, dass sein Gehör so schlecht ist."

"En het ergste is dat hij zo slecht hoort."

„Sie haben also keine andere Wahl, als ganz nah bei ihm zu sitzen."

"Je hebt dus geen andere keus dan heel dicht bij hem te gaan zitten."

„Aber trotz allem ist die Hoffnung noch nicht völlig verloren."

"Maar desondanks is de hoop nog niet helemaal verloren."

„Ich werde das Geld sparen, um die Schulden meiner Eltern zu begleichen."

"Ik ga het geld sparen om de schulden van mijn ouders af te betalen."

„Ich kann nichts tun, solange sie ihm noch Geld schulden."

"Ik kan niets doen zolang ze hem nog geld schuldig zijn."

„Aber wenn die Schulden beglichen sind, werde ich es auf jeden Fall tun."

"Maar als de schuld is afbetaald, zal ik het zeker doen."

„Es wird wahrscheinlich noch fünf bis sechs Jahre dauern."

"Het zal waarschijnlijk nog vijf tot zes jaar duren."

"Ja, dann wird die große Trennung definitiv erfolgen."

"Ja, dan zal de grote scheiding zeker plaatsvinden."

„Fürs Erste muss ich jedoch aufstehen.“

"Voorlopig moet ik echter wel uit bed komen."

„Weil mein Zug um fünf Uhr abfährt.“

"Omdat mijn trein om vijf uur vertrekt."

Gregor blickte auf den tickenden Wecker auf dem Tisch.

Gregor keek naar de tikkende wekker op tafel.

"Himmlischer Vater!", dachte er, als er die Uhrzeit sah.

"Hemelse Vader!" dacht hij toen hij op de klok keek.

Halb sieben war schon still und leise vergangen.

Half zeven was al geruisloos voorbij.

Und die Zeiger der Uhr bewegten sich immer weiter vorwärts.

En de wijzers van de klok bleven vanzelf vooruit bewegen.

Es war nun fast Viertel vor sieben.

Het was inmiddels bijna kwart voor zeven.

"Vielleicht hat der Wecker nicht geklingelt, um mich zu wecken?", dachte er.

'Misschien is de wekker niet afgegaan om me wakker te maken?' dacht hij.

Von seinem Bett aus inspizierte Gregor den Wecker.

Vanuit zijn bed bekeek Gregor de wekker.

Der Wecker war korrekt auf vier Uhr eingestellt.

De wekker stond correct ingesteld op vier uur.

Er konnte es sich nicht erklären, aber der Alarm musste losgegangen sein.

Hij kon het niet verklaren, maar het alarm moet zijn afgegaan.

"Wie konnte ich den Wecker verschlafen, ohne es zu merken?"

"Hoe heb ik de wekker gemist zonder het te weten?"

Wenn der Alarm losgeht, wackeln sogar die Möbel.

Als het alarm afgaat, trilt zelfs het meubilair ervan.

Er wusste, dass sein Schlaf alles andere als ruhig gewesen war.

Hij wist dat hij helemaal niet rustig had geslapen.

Aber vielleicht war das der Grund, warum sein Schlaf so viel tiefer war.

Maar misschien was dat wel de reden waarom hij veel dieper
sliep.
Er musste darüber nachdenken, was er nun tun sollte.
Hij moest bedenken wat hij nu moest doen.
Der nächste Zug fuhr erst um sieben Uhr ab.
De volgende trein vertrok pas om zeven uur.
Diesen Zug zu erreichen, wäre nahezu unmöglich.
Het zou vrijwel onmogelijk zijn om die trein te halen.
Und die benötigten Textilien hatte er noch nicht eingepackt.
En hij had de benodigde textielwaren nog niet ingepakt.
Er fühlte sich auch nicht besonders frisch und agil.
Hij voelde zich ook niet bepaald fris en energiek.
Vielleicht bestand die Möglichkeit, in den Zug einzusteigen.
Misschien was er een kans om de trein te halen.
Doch ein Tadel vom Chef war so oder so unvermeidlich.
Maar een berisping van de baas was hoe dan ook
onvermijdelijk.
Der Angestellte wäre in den Fünf-Uhr-Zug eingestiegen.
De klerk zou de trein van vijf uur hebben genomen.
**Der Büroangestellte war ein willensschwaches Werkzeug
des Chefs.**
De kantoorbediende was een ruggengraatloos schepsel van de
baas.
Gregors Abwesenheit wäre also bereits gemeldet worden.
Gregors afwezigheid zou dus al gemeld zijn.
„Was wäre, wenn ich mich krankmelde?", überlegte Gregor.
"Wat als ik me ziek meld?" vroeg Gregor zich af.
Das wäre aber äußerst peinlich und verdächtig.
Maar dat zou buitengewoon gênant en verdacht zijn.
**Gregor war in der gesamten Zeit, die er dort arbeitete, nie
krank gewesen.**
Gregor was in de tijd dat hij daar werkte nooit ziek geweest.
Und er hatte ihnen bereits fünf Jahre Dienst geleistet.
En hij had hen al vijf jaar in dienst gehad.
**Die Chancen standen gut, dass der Chef vorbeikommen
würde, um nach ihm zu sehen.**

De kans was groot dat de baas even langs zou komen om te
kijken hoe het met hem ging.
**Er würde wahrscheinlich den Arzt der Krankenversicherung
mitbringen.**
Hij zou waarschijnlijk de arts van de zorgverzekering
meenemen.
**Und er würde die Eltern für ihren faulen Sohn
verantwortlich machen.**
En hij gaf de ouders de schuld van hun luie zoon.
Sie könnten gegen ihn keine Einwände erheben.
Ze zouden geen enkel bezwaar tegen hem kunnen maken.
Denn für ihn gab es nur zwei Arten von Arbeitern.
Want voor hem bestonden er maar twee soorten arbeiders.
Entweder waren die Arbeiter kerngesund oder arbeitsscheu.
Ofwel waren de werknemers kerngezond, ofwel hadden ze
een hekel aan werken.
**Und läge er mit dieser grundlegenden Analyse überhaupt
falsch?**
En zou hij in die fundamentele analyse überhaupt ongelijk
hebben?
In diesem Fall hatte er sicherlich ein starkes Argument.
Hij had in dit geval zeker een sterk argument.
**Trotz seines Aussehens fühlte sich Gregor tatsächlich recht
wohl.**
Ondanks zijn uiterlijk voelde Gregor zich eigenlijk best goed.
Der unnötig lange Schlaf hatte ihn etwas schläfrig gemacht.
Door het onnodig lange slapen was hij een beetje slaperig
geworden.
**Abgesehen davon konnte er sich aber über keine Krankheit
beklagen.**
Maar afgezien daarvan had hij geen reden tot ziekte.
**Er verspürte sogar einen besonders starken und gesunden
Hunger.**
Hij voelde zelfs een bijzonder sterke en gezonde honger.
**Während er diesen Gedanken nachging, schlug die Uhr
erneut.**
Terwijl hij deze gedachten overwoog, sloeg de klok opnieuw.

Laut Alarm war es jetzt Viertel vor sieben.
Volgens de wekker was het nu kwart voor zeven.
Und nun klopfte es auch leise an der Tür.
En nu klonk er ook een zacht klopje op de deur.
„Gregor", rief ihm jemand zu – es war die Mutter.
"Gregor," riep iemand hem toe – het was zijn moeder.
„Es ist Viertel vor sieben", bestätigte sie den Alarm.
"Het is kwart voor zeven," bevestigde ze het alarm.
"Wolltest du nicht gehen?", fragte die sanfte Stimme.
'Wilde je niet weggaan?' vroeg de zachte stem.
Gregor erschrak, als er seine eigene Stimme antworten hörte.
Gregor schrok toen hij zijn eigen stem hoorde antwoorden.
Es war immer noch dieselbe Stimme, die er schon immer hatte.
Zijn stem was nog steeds dezelfde als altijd.
Doch nun mischte sich ein neuer Klang in seine Stimme.
Maar er klonk nu een nieuw geluid door in zijn stem.
Tief aus seinem Inneren entfuhr ihm auch ein schmerzhafter Schrei.
Vanuit zijn binnenste kwam ook een pijnlijk piepje naar buiten.
Zunächst schien seine Stimme die Worte klar zu formen.
Aanvankelijk leek hij de woorden helder te vormen.
Doch dann hörte Gregor das Echo seiner Stimme in seinem Kopf.
Maar toen hoorde Gregor de mentale echo van zijn eigen stem.
Die Aufnahme seiner Stimme ist auf seltsame Weise zerbrochen.
De opname van zijn stem is op een vreemde manier onderbroken.
Und er war sich nicht sicher, ob er richtig gehört hatte.
En hij wist niet zeker of hij het wel goed had verstaan.
Gregor verspürte den starken Wunsch, eine ausführliche Antwort zu geben.
Gregor voelde een sterk verlangen om een gedetailleerd antwoord te geven.
Er wollte seiner Mutter alles genau erklären.

Hij wilde alles duidelijk aan zijn moeder uitleggen.

Doch angesichts der Umstände musste er sich einschränken.

Maar gezien de omstandigheden moest hij zich inhouden.

Und er antwortete viel kürzer, als er es gern getan hätte.

En hij antwoordde veel korter dan hij had gewild.

"Ja, Mutter, keine Sorge, danke, ich bin schon wach."

"Ja moeder, maak je geen zorgen, dank je wel, ik ben al wakker."

Die Holztür trug vermutlich dazu bei, seine Stimme zu dämpfen.

De houten deur hielp waarschijnlijk om zijn stem te dempen.

Draußen blieb die Veränderung in Gregors Stimme unbemerkt.

Buiten bleef de verandering in Gregors stem onopgemerkt.

Die Mutter schien mit seiner Erklärung zufrieden zu sein.

De moeder leek tevreden met zijn uitleg.

Und sie ging genauso leise wieder, wie sie gekommen war.

En ze vertrok weer net zo stil als ze gekomen was.

Doch das kurze Gespräch hatte eine unerwünschte Folge.

Maar het korte gesprek had een ongewenst effect.

Er erregte die Aufmerksamkeit der anderen Familienmitglieder.

Hij trok de aandacht van de andere familieleden.

Gregor war noch zu Hause und nicht zur Arbeit gegangen.

Gregor was nog thuis en was niet naar zijn werk gegaan.

Und nun klopfte auch der Vater an die Seitentür.

En nu klopte ook de vader op de zijdeur.

Er klopfte schwach, aber entschlossen mit der Faust.

Hij klopte zwakjes, maar vastberaden, met zijn vuist.

„Gregor, Gregor", rief er, „was ist das Problem?"

'Gregor, Gregor,' riep hij, 'wat is er aan de hand?'

Nach einer Weile warnte er erneut, diesmal mit tieferer Stimme.

Na een korte tijd waarschuwde hij opnieuw, maar nu met een diepere stem.

Doch nun klopfte die Schwester an die andere Tür.

Maar aan de andere deur klopte de zus nu aan.

"Gregor? Geht es dir nicht gut?", fragte sie leise.
'Gregor? Gaat het niet goed met je?' vroeg ze zachtjes.
„Brauchen Sie irgendetwas?", fragte sie besorgt.
'Is er iets wat je nodig hebt?', vroeg ze bezorgd.
Gregor antwortete beiden Seiten: „Ich bin schon fertig.“
Gregor antwoordde beide partijen: "Ik ben al klaar."
Er hatte sich größte Mühe gegeben, alle Wörter sorgfältig auszusprechen.
Hij had zijn best gedaan om alle woorden zorgvuldig uit te spreken.
Und er entfernte alles Auffällige aus seiner Stimme.
En hij verwijderde alles wat opviel aan zijn stem.
Auch der Vater schien mit der Antwort zufrieden zu sein.
Ook de vader leek tevreden met het antwoord.
Und er kehrte zu seinem unvollendeten Frühstück zurück.
En hij keerde terug naar zijn onafgemaakte ontbijt.
Doch die Schwester flüsterte: „Gregor, mach auf, ich flehe dich an.“
Maar de zus fluisterde: "Gregor, doe open, ik smeek je."
Doch ihre Sorge um ihn konnte ihn in keiner Weise bewegen.
Maar haar bezorgdheid voor hem kon hem op geen enkele manier bewegen.
Gregor hatte nicht die Absicht, ihr die Tür zu öffnen.
Gregor was niet van plan de deur voor haar open te doen.
Durch seine Reisen hatte er sich einige vorsichtige Gewohnheiten angeeignet.
Door zijn reizen had hij een aantal voorzichtige gewoontes ontwikkeld.
Und er lobte sich selbst dafür, die Türen abgeschlossen zu haben.
En hij prees zichzelf omdat hij de deuren op slot had gedaan.
Zunächst wollte er in Ruhe und in seinem eigenen Tempo aufstehen.
Eerst wilde hij rustig opstaan wanneer het hem uitkwam.
Und er wollte sich ungestört anziehen.
En hij wilde zich aankleden zonder gestoord te worden.

Nachdem er das geschafft hatte, wollte er frühstücken.
Toen dat gelukt was, wilde hij ontbijten.
Erst dann wollte er die Situation weiter überdenken.
Pas toen wilde hij de situatie nader bekijken.
Er wusste, dass es sinnlos war, im Bett Pläne zu schmieden.
Hij wist dat het geen zin had om plannen te maken in bed.
Zu einem vernünftigen Schluss zu gelangen, wäre unmöglich.
Het bereiken van een verstandige conclusie zou onmogelijk zijn.
Es gab schon andere Male, da war er mit leichten Schmerzen aufgewacht.
Er waren al vaker momenten geweest dat hij wakker werd met lichte pijn.
Diese Schmerzen erwiesen sich stets als reine Einbildung.
Deze pijnen bleken altijd puur verbeelding te zijn.
Beim Aufstehen verschwanden die Schmerzen ausnahmslos.
Bij het uit bed stappen verdween de pijn steevast.
Er war neugierig, was mit diesen Ideen geschehen würde.
Hij was benieuwd wat er met deze ideeën zou gebeuren.
Die Veränderung seiner Stimme war wahrscheinlich nur auf eine Erkältung zurückzuführen.
De verandering in zijn stem kwam waarschijnlijk gewoon door een verkoudheid.
Erkältungen sind für Reisende einfach ein Berufsrisiko.
Verkoudheid is nu eenmaal een beroepsrisico voor reizigers.
Er hatte keinen Zweifel daran, dass dies die logische Erklärung war.
Hij twijfelde er niet aan dat dat de logische verklaring was.
Es gelang ihm mühelos, die Decke von sich zu streifen.
Het lukte hem gemakkelijk om de deken van zich af te krijgen.
Er musste nur einatmen und sich aufblasen.
Het enige wat hij hoefde te doen, was inademen en zichzelf opblazen.
Die Decke rutschte von seinem Körper und landete auf dem Boden.
De deken gleed van zijn lichaam af en viel op de vloer.

Sein unglaublich breiter Körperbau erschwerte auch andere Dinge.

Zijn ongelooflijk brede lichaam maakte andere dingen lastig.

Er hätte Arme und Hände gebraucht, um aufzustehen.

Hij zou armen en handen nodig hebben gehad om te kunnen staan.

Aber er hatte nicht mehr die Gliedmaßen, die er früher gehabt hatte.

Maar hij had niet meer de ledematen die hij vroeger had.

Anstelle von Armen und Händen hatte er viele kleine Beine.

In plaats van armen en handen had hij heel veel kleine beentjes.

Und seine Beine bewegten sich ständig, ohne dass er es kontrollieren konnte.

En zijn benen bewogen voortdurend, zonder dat hij er controle over had.

Er versuchte, ein Bein zu beugen, aber stattdessen streckte es sich.

Hij probeerde een been te buigen, maar in plaats daarvan strekte het zich uit.

Schließlich gelang es ihm, ein Bein unter seine Kontrolle zu bringen.

Hij slaagde er uiteindelijk in om één been onder controle te krijgen.

Doch dann wurde die Bewegung der anderen Beine freigegeben.

Maar toen werd de beweging van de andere benen vrijgegeven.

Und seine Beine zuckten vor lauter Aufregung.

En al zijn benen trilden van extreme opwinding.

Zuerst wollte er seinen Unterkörper aus dem Bett bekommen.

Eerst wilde hij zijn onderlichaam uit bed tillen.

Seinen Unterkörper hatte er aber noch nicht gesehen.

Maar hij had zijn onderlichaam nog niet gezien.

Und es erwies sich ohnehin als zu schwierig, diesen Teil zu versetzen.

En het bleek sowieso te moeilijk om dit onderdeel te verplaatsen.

Schließlich wagte er mit all seiner Kraft einen waghalsigen Schritt.

Ten slotte, met al zijn kracht, maakte hij een wilde beweging.

Ohne weiter zu zögern, trat er vorwärts.

Zonder verder aarzelen bewoog hij zich naar voren.

Doch er hatte die falsche Richtung eingeschlagen.

Maar hij had de verkeerde richting gekozen.

Er schlug mit voller Wucht mit dem Körper gegen den unteren Bettpfosten.

Hij sloeg zijn lichaam met geweld tegen de onderste bedpaal.

Der brennende Schmerz, den er empfand, lehrte ihn eine wertvolle Lektion.

De brandende pijn die hij voelde, leerde hem een waardevolle les.

Sein Unterkörper war vielleicht empfindlicher.

Het onderste deel van zijn lichaam was wellicht gevoeliger.

Also versuchte er zuerst, seinen Oberkörper aus dem Bett zu bekommen.

Dus probeerde hij eerst zijn bovenlichaam uit bed te krijgen.

Er drehte seinen Kopf vorsichtig in die richtige Richtung.

Hij draaide zijn hoofd voorzichtig in de juiste richting.

Und schon bald lag sein Kopf am Bettrand.

En al snel lag zijn hoofd op de rand van het bed.

Diese vorsichtige Vorgehensweise fiel ihm tatsächlich leicht.

Deze voorzichtige beweging was voor hem eigenlijk gemakkelijk.

Und weder seine Breite noch sein Gewicht hinderten ihn an seinen Bewegungen.

Zijn omvang en gewicht belemmerden zijn beweging niet.

Die Masse seines Körpers folgte langsam der Drehung des Kopfes.

De massa van zijn lichaam volgde langzaam de draaiing van zijn hoofd.

Doch dann streckte er den Kopf über die Bettkante.

Maar toen liet hij zijn hoofd over de rand van het bed hangen.
Und er sah sich einer neuen Angst gegenüber, über die er noch nicht nachgedacht hatte.
En hij werd geconfronteerd met een nieuwe angst waar hij nog niet aan had gedacht.
Ein weiteres Vorgehen in dieser Richtung könnte gefährlich sein.
Verdergaan op deze manier kan gevaarlijk zijn.
Er hatte gedacht, er würde sich einfach fallen lassen.
Hij had gedacht dat hij zich gewoon zou laten vallen.
Es wäre aber ein Wunder, wenn er sich dabei nicht am Kopf verletzen würde.
Het zou een wonder zijn als hij geen hoofdletsel opliep.
Jetzt war nicht der richtige Zeitpunkt, um ein Bewusstseinsverlustrisiko einzugehen.
Dit was niet het moment om het risico te lopen bewusteloos te raken.
Vielleicht wäre es doch besser, im Bett zu bleiben.
Misschien is het toch beter om in bed te blijven liggen.
Doch dann musste er denselben Aufwand betreiben, um zurückzukehren.
Maar vervolgens moest hij dezelfde inspanning leveren om terug te komen.
Nach all der Mühe lag er da, genau wie zuvor.
Na al die inspanning lag hij daar nog steeds, net als voorheen.
Und nun schienen seine Beine noch wütender zu sein als zuvor.
En nu leken zijn benen nog bozer dan ze al waren.
Die Bewegungen seiner Beine waren noch unkontrollierbarer geworden.
De bewegingen van zijn benen waren nog oncontroleerbaarder geworden.
Er sah keinen Ausweg aus seiner Situation.
Hij zag geen uitweg uit de situatie waarin hij zich bevond.
Aus diesem Chaos konnte kein Frieden und keine Ordnung hergestellt werden.
Vrede en orde konden niet uit deze chaos voortkomen.

Aber er wusste, dass auch im Bett zu bleiben keine Option war.

Maar hij wist dat in bed blijven ook geen optie was.

Alles zu opfern war die vernünftigste Option.

Alles opofferen was de meest verstandige optie.

Er klammerte sich an den kleinsten Hoffnungsschimmer, jemals wieder aufstehen zu können.

Hij klampte zich vast aan de kleinste hoop om uit bed te kunnen komen.

Wenn ihm das gelingt, hat sich das ganze Risiko gelohnt.

Als hij hierin zou slagen, zou elk risico de moeite waard zijn geweest.

Doch gleichzeitig erinnerte er sich auch an etwas anderes.

Maar tegelijkertijd herinnerde hij zich ook nog iets anders.

„Besser als verzweifelte Entscheidungen sind ruhige Überlegungen."

"Rustige overpeinzingen zijn beter dan overhaaste beslissingen."

Mit aller Kraft konzentrierte er seinen Blick auf das Fenster.

Met al zijn kracht richtte hij zijn blik op het raam.

Doch was er sah, stimmte ihn wenig zuversichtlich und erfreute ihn nicht.

Maar wat hij zag, gaf hem weinig vertrouwen en vrolijkheid.

Der Morgennebel hüllte die gesamte enge Straße ein.

De ochtendmist bedekte de hele smalle straat.

Der Wecker klingelte erneut; es war nun sieben Uhr.

De wekker ging weer af; het was nu zeven uur.

„Es ist bereits sieben Uhr und es ist immer noch so neblig."

"Het is al zeven uur en er is nog steeds zo'n dichte mist."

Eine Zeitlang lag er still da und atmete nur schwach.

Een tijdlang lag hij stil, slechts zwak ademend.

Vielleicht würde etwas Ruhe eine gewisse Normalität herbeiführen.

Misschien zou wat stilte voor wat normaliteit zorgen.

Völliges Schweigen könnte die wahren Zustände herbeiführen.

Volledige stilte zou de werkelijke omstandigheden aan het licht kunnen brengen.

Doch bevor die Uhr erneut schlug, durchbrach er das Schweigen.

Maar voordat de klok weer sloeg, verbrak hij de stilte.

Bevor die Uhr wieder schlägt, muss ich aus dem Bett sein.

"Voordat de klok weer slaat, moet ik uit bed zijn."

„Ich muss bis dahin unbedingt komplett aus dem Bett sein."

"Ik moet dan absoluut helemaal uit bed zijn."

„Nach Viertel nach sieben schickt das Büro jemanden."

"Na kwart over zeven stuurt het kantoor iemand."

„Weil das Büro vor sieben Uhr öffnete."

"Omdat het kantoor voor zeven uur openging."

Und nun begann er, seinen Körper aus dem Bett zu schaukeln.

En nu begon hij zich uit bed te bewegen.

Er hatte aufgehört, sich auf seinen Ober- oder Unterkörper zu konzentrieren.

Hij had de focus op zijn boven- of onderlichaam opgegeven.

Sein ganzer Körper musste aus dem Bett herausragen.

Zijn hele lichaam moest uit bed komen.

Bei einem Sturz in diese Richtung sollte sein Kopf geschützt sein, dachte er.

Door op deze manier te vallen, zou zijn hoofd beschermd moeten zijn, dacht hij.

Er hatte geplant, den Kopf zu heben, sobald er auf dem Boden aufschlug.

Hij was van plan geweest zijn hoofd op te tillen zodra hij op de grond terechtkwam.

Sein Rücken schien hart genug für den Aufprall zu sein.

Zijn rug leek stevig genoeg om de impact op te vangen.

Und der Teppich diente dazu, die Landung abzufedern.

Het tapijt was er om de landing te verzachten.

Seine größte Sorge galt jedoch dem Lärm.

Zijn grootste zorg was echter het harde lawaai.

Das krachende Geräusch würde alle im Haus erschrecken.

Het krakende geluid zou iedereen in huis de stuipen op het lijf jagen.
Vielleicht hätten sie keine Angst vor dem lauten Lärm.
Misschien zouden ze niet bang zijn voor het harde geluid.
Aber sie wären mit Sicherheit besorgt, wenn sie davon hörten.
Maar ze zouden zich ongetwijfeld zorgen maken als ze het hoorden.
Man musste aber das Risiko eingehen, Aufmerksamkeit zu erregen.
Maar het risico om aandacht te trekken moest genomen worden.
Die neue Methode war eher ein Spiel als eine Anstrengung.
De nieuwe methode was meer een spel dan een inspanning.
Er musste seinen Körper in plötzlichen und ruckartigen Bewegungen hin und her wiegen.
Hij moest zijn lichaam in plotselinge en schokkerige bewegingen heen en weer schudden.
Gregor war schon halb aus dem Bett aufgestanden.
Gregor was al half uit bed gekomen.
Nun kam ihm gerade ein neuer Gedanke.
Nu kwam er ineens een nieuwe gedachte bij hem op.
„Es wäre alles so einfach, wenn mir jemand zu Hilfe käme."
"Het zou allemaal zo veel makkelijker zijn als iemand me te hulp zou schieten."
„Zwei kräftige Personen würden völlig ausreichen."
"Twee sterke personen zouden volkomen voldoende zijn."
Sein Vater und das Dienstmädchen wären stark genug.
Zijn vader en de dienstmeid zouden sterk genoeg zijn.
Sie müssten nur ihre Arme unter seinen Rücken schieben.
Ze hoefden alleen maar hun armen onder zijn rug te schuiven.
Und dann könnten sie ihn ganz leicht aus dem Bett ziehen.
En dan konden ze hem gemakkelijk uit bed halen.
Vielleicht hätten sie sein Gewicht langsam reduzieren müssen.
Wellicht hadden ze zijn gewicht geleidelijk moeten verlagen.
Hoffentlich hätten die Beine dann ihren Zweck gefunden.

Hopelijk zouden de poten dan hun doel hebben gevonden.
Wäre es nicht letztendlich besser, um Hilfe zu rufen?
"Zou het uiteindelijk niet beter zijn om hulp in te roepen?"
Das Problem war natürlich, dass er die Türen abgeschlossen hatte.
Het probleem was natuurlijk dat hij de deuren op slot had gedaan.
Irgendwie hatte der Gedanke etwas, das ihn amüsierte.
Er was iets aan die gedachte dat hem amuseerde.
Und trotz seiner Notlage konnte er sich ein Lächeln nicht verkneifen.
En ondanks zijn moeilijkheden kon hij een glimlach niet onderdrukken.
Er war schon kurz davor, das Gleichgewicht zu verlieren.
Hij stond nu al op het punt zijn evenwicht te verliezen.
Mit jedem Schwung kam er dem Umkippen vom Bett näher.
Elke zwaai bracht hem dichter bij het punt waarop hij van het bed zou vallen.
Bald musste er die endgültige Entscheidung treffen.
Hij zou binnenkort de definitieve beslissing moeten nemen.
In fünf Minuten würde es Viertel nach sieben sein.
Over vijf minuten was het kwart over zeven.
Während er diesen Gedanken nachging, klingelte es an der Tür.
Terwijl hij zo dacht, ging de deurbel.
„Das ist jemand aus dem Büro", sagte er zu sich selbst.
'Dat is iemand van kantoor,' dacht hij bij zichzelf.
Und er erstarrte fast vor Angst angesichts des Besuchers.
En hij verstijfde bijna van angst door de bezoeker.
Seine Beine tanzten noch wilder als zuvor.
Zijn benen bewogen nog wilder dan voorheen.
Doch dann herrschte einen Moment lang Stille.
Maar toen bleef het even stil.
„Sie werden die Tür nicht öffnen", sagte Gregor zu sich selbst.
'Ze doen de deur niet open,' dacht Gregor bij zichzelf.
Er war noch immer einer sinnlosen Hoffnung verfallen.

Hij was nog steeds verstrikt in een of andere zinloze hoop.

Doch dann ging das Dienstmädchen natürlich zur Tür.

Maar toen liep de dienstmeid natuurlijk naar de deur.

Und wie immer öffnete sie dem Besucher die Tür.

En zoals altijd opende ze de deur voor de bezoeker.

Gregor brauchte nur die erste Begrüßung des Besuchers zu hören.

Gregor hoefde alleen maar de eerste begroeting van de bezoeker te horen.

Er konnte sofort erkennen, wer ihn gesucht hatte.

Hij kon meteen zien wie hem kwam halen.

Der Hauptschreiber selbst war gekommen, um nach Samsa zu sehen.

De hoofdambtenaar was zelf langsgekomen om Samsa te controleren.

Warum war Gregor der Einzige, der zu diesem Schicksal verurteilt wurde?

Waarom was Gregor de enige die tot dit lot veroordeeld was?

Warum musste ausgerechnet er in einer solchen Organisation dienen?

Waarom moest alleen hij in zo'n organisatie dienen?

Das geringste Versehen weckte sofort Misstrauen.

De geringste vergissing wekte onmiddellijk argwaan.

Waren alle Angestellten, die dort arbeiteten, Schurken?

Waren alle werknemers die daar werkten schurken?

Gab es denn keinen treuen und ergebenen Menschen unter ihnen?

Was er dan niemand onder hen die trouw en toegewijd was?

Hätten sie nicht einfach einen Lehrling schicken können?

Hadden ze niet gewoon een leerling kunnen sturen?

War diese ganze Infragestellung überhaupt notwendig?

Was al die ondervraging wel echt nodig?

Musste der Bevollmächtigte persönlich erscheinen?

Moest de gemachtigde vertegenwoordiger zelf komen?

Musste wirklich die gesamte unschuldige Familie informiert werden?

Moest het hele onschuldige gezin op de hoogte worden
gebracht?
All diese Überlegungen veranlassten Gregor zum Handeln.
Al deze overwegingen brachten Gregor ertoe in actie te
komen.
Er schwang sich mit aller Kraft aus dem Bett.
Hij slingerde zich met al zijn kracht uit bed.
**Es gab einen lauten Knall, aber es war eigentlich kein
richtiges Geräusch.**
Er klonk een harde knal, maar het was eigenlijk geen geluid.
Der Fall wurde durch den Teppich etwas abgemildert.
De klap was door het tapijt enigszins opgevangen.
Sein Rücken war elastischer, als Gregor angenommen hatte.
Zijn rug was elastischer dan Gregor had gedacht.
Der Klang war also dumpfer und nicht so auffällig.
Het geluid was dus doffer en minder opvallend.
**Doch er hatte seinen Kopf während des Sturzes nicht
geschützt.**
Maar hij had tijdens de val niet goed op zijn hoofd gelet.
**Und als er auf den Boden aufschlug, schlug er auch mit dem
Kopf auf.**
En toen hij op de grond viel, stootte hij ook zijn hoofd.
Er rieb sich vor Wut und Schmerz den Kopf am Teppich.
Hij wreef woedend en pijnlijk met zijn hoofd over het tapijt.
Der Manager im Nachbarzimmer hörte jedoch den Lärm.
Maar de manager in de kamer ernaast hoorde het lawaai.
„Da ist etwas hineingefallen", stellte er richtig fest.
"Er is iets in gevallen," merkte hij terecht op.
**Gregor versuchte, sich den Manager in seine Lage zu
versetzen.**
Gregor probeerde zich in te leven in de situatie van de
manager.
„Könnte ihm dasselbe passieren?", fragte er sich.
'Zou hem hetzelfde kunnen overkomen?' vroeg hij zich af.
**Er akzeptierte, dass dieses seltsame Ereignis möglich sein
könnte.**

Hij accepteerde dat deze vreemde gebeurtenis mogelijk kon zijn.

Und dann ging der Hauptsekretär ein paar Schritte in den Raum.

Vervolgens liep de hoofdsecretaris een paar stappen naar de kamer.

Es war fast schon eine plumpe Antwort auf seine Frage.

Het was bijna een bot antwoord op de vraag die hij stelde.

Seine Lederstiefel knarrten, als er sich der Tür näherte.

Zijn leren laarzen kraakten toen hij de deur naderde.

Aus dem Zimmer zu seiner Rechten flüsterte ihm seine Magd zu.

Vanuit de kamer aan zijn rechterkant fluisterde zijn dienstmeid hem toe.

„Gregor, der Bevollmächtigte, ist hier."

"Gregor, de gemachtigde, is hier."

„Ich weiß", sagte Gregor, aber nur leise zu sich selbst.

'Ik weet het,' zei Gregor, maar alleen zachtjes tegen zichzelf.

Er wagte es nicht, seine Stimme lauter als ein Flüstern zu erheben.

Hij durfde zijn stem niet boven een fluistertoon te verheffen.

Weil Gregor nicht wollte, dass seine Schwester ihn hörte.

Omdat Gregor niet wilde dat zijn zus hem hoorde.

„Gregor", sagte der Vater aus dem Zimmer links.

"Gregor," zei de vader vanuit de kamer aan de linkerkant.

Der Manager ist gekommen, um nach dem Rechten zu sehen.

"De manager is langsgekomen om te kijken wat het probleem is."

„Er fragte, warum du nicht den frühen Zug genommen hast."

"Hij vroeg waarom je niet met de vroege trein bent vertrokken."

„Wir wissen nicht, was wir ihm sagen sollen", sagte der Vater.

"We weten niet wat we tegen hem moeten zeggen," zei de vader.

„Übrigens möchte er auch persönlich mit Ihnen sprechen."
"Overigens wil hij ook graag persoonlijk met u spreken."
„Bitte öffnen Sie die Tür, damit er mit Ihnen sprechen kann."
"Doe de deur open, zodat hij met u kan praten."
„Er wird so freundlich sein, das Chaos im Zimmer zu entschuldigen."
"Hij zal zo vriendelijk zijn om de rommel in de kamer te vergeven."
"Guten Morgen, Herr Samsa", rief ihm der Manager zu.
"Goedemorgen, meneer Samsa," riep de manager hem toe.
Und er sprach ganz gewiss in freundlicher Weise mit ihm.
En hij sprak hem inderdaad op een vriendelijke manier aan.
„Es geht ihm nicht gut", sagte die Mutter zum Manager.
"Het gaat niet goed met hem," zei de moeder tegen de manager.
„Es geht ihm überhaupt nicht gut, glauben Sie mir, lieber Manager."
"Het gaat helemaal niet goed met hem, geloof me maar, beste manager."
"Warum sonst sollte Gregor den Morgenzug verpassen?"
"Waarom zou Gregor anders de ochtendtrein missen?"
„Der Junge hat nichts anderes im Kopf als das Geschäft."
"De jongen heeft niets anders aan zijn hoofd dan de zaak."
„Es ärgert mich fast, dass er nichts anderes tut."
"Het irriteert me bijna dat hij verder niets doet."
„Ich wünschte, er würde abends an die frische Luft gehen."
"Ik wou dat hij 's avonds eens naar buiten ging voor de frisse lucht."
„Er war acht Tage geschäftlich in der Stadt."
"Hij was acht dagen in de stad voor zaken."
„Aber er war ja jeden dieser Abende zu Hause."
"Maar hij was die avonden wel gewoon thuis."
„Er sitzt an unserem Tisch und liest die Zeitung."
"Hij zit aan onze tafel en leest de krant."
„Manchmal studiert er auch die Fahrpläne der Züge."

"Op andere momenten bestudeert hij de dienstregelingen van de treinen."
„Manchmal beschäftigt er sich mit Tischlerarbeiten.“
"Soms houdt hij zich bezig met timmerwerk."
„Zum Beispiel schnitzte er einen kleinen Bilderrahmen aus Holz.“
"Hij sneed bijvoorbeeld een klein houten fotolijstje uit."
„An zwei oder drei Abenden war er mit der Säge beschäftigt.“
"Gedurende twee of drie avonden was hij druk bezig met de zaag."
„Sie werden staunen, wie hübsch der Bilderrahmen ist.“
"U zult versteld staan hoe mooi de fotolijst is."
„Er hat den Bilderrahmen in seinem Zimmer aufgehängt.“
"Hij heeft de fotolijst in zijn kamer opgehangen."
„Wenn er die Tür öffnet, werden Sie seine Holzarbeiten sehen.“
"Als hij de deur opent, zie je zijn houtsnijwerk."
„Übrigens freut es mich, dass Sie hier sind, Herr Prokurist.“
"Overigens, ik ben blij dat u hier bent, meneer Prokurist."
„Wir allein hätten Gregor nicht dazu bringen können, die Tür zu öffnen.“
"Wij alleen hadden Gregor er niet toe kunnen bewegen de deur open te doen."
„Er ist so stur“, gestand seine Mutter dem Angestellten.
"Hij is zo koppig," bekende zijn moeder aan de winkelbediende.
„Er ist ganz sicher krank, obwohl er das vorher bestritten hat.“
"Hij is zeker niet in orde, hoewel hij dat eerder ontkende."
„Ich komme gleich“, sagte Gregor langsam und bedächtig.
"Ik kom er meteen aan," zei Gregor langzaam en voorzichtig.
Doch er machte keine Anstalten, sich der Tür des Zimmers zuzuwenden.
Maar hij maakte geen aanstalten om naar de deur van de kamer te gaan.
Er wollte kein Wort des Gesprächs verpassen.

Hij wilde geen woord van het gesprek missen.

Der Hauptsekretär stimmte der Einschätzung der Mutter zu.

De hoofdambtenaar was het eens met de beoordeling van de moeder.

"Ich kann es Ihnen auch nicht anders erklären, Madam."

"Ik kan het ook niet anders uitleggen, mevrouw."

„Hoffen wir alle, dass er keine schwere Krankheit hat", sagte er.

"Laten we allemaal hopen dat hij geen ernstige ziekte heeft," zei hij.

„Andererseits stellt es eine Gefahr in unserer Branche dar."

"Aan de andere kant vormt het een risico in onze branche."

„Wir Geschäftsleute müssen oft Unannehmlichkeiten überwinden."

"Wij zakenmensen moeten vaak ongemakken overwinnen."

„Profis müssen leichte Schmerzen einfach aushalten."

"Professionals moeten gewoon even door kleine pijntjes heen bijten."

Währenddessen klopfte sein Vater erneut an die andere Tür.

Ondertussen klopte zijn vader weer op de andere deur.

„Kann der Hauptsekretär jetzt hereinkommen?", wollte er wissen.

'Kan de hoofdsecretaris nu binnenkomen?' wilde hij weten.

"Nein, das kann er nicht", antwortete Gregor auf die Frage seines Vaters.

"Nee, dat kan hij niet," antwoordde Gregor op de vraag van zijn vader.

Im Raum links von uns herrschte betretenes Schweigen.

In de kamer links viel een ongemakkelijke stilte.

Im Zimmer rechts begann die Schwester zu schluchzen.

In de kamer aan de rechterkant begon de zus te snikken.

Warum war die Schwester nicht zu den anderen gegangen?

Waarom was de zus niet naar de anderen gegaan?

Sie war wahrscheinlich gerade erst aufgestanden, dachte er.

Ze was waarschijnlijk net uit bed gestapt, dacht hij.

Vielleicht hatte sie noch gar nicht angefangen, sich anzuziehen.

Misschien was ze nog niet eens begonnen met aankleden.
Gregor aber verstand nicht, warum sie weinte.
Maar Gregor begreep niet waarom ze huilde.
Lag es daran, dass er nicht aufgestanden war und den Manager hereingelassen hatte?
Was het omdat hij niet opstond en de manager niet binnenliet?
Lag es daran, dass er Gefahr lief, seinen Job zu verlieren?
Was het omdat hij zijn baan dreigde te verliezen?
Könnte der Chef wie früher gegen die Eltern vorgehen?
Zou de baas de ouders weer lastigvallen, net als voorheen?
Würde er seine alten Forderungen an sie wiederholen?
Zou hij hun oude eisen opnieuw stellen?
Diese Dinge waren wahrscheinlich unnötig.
Waarschijnlijk hoefde men zich over deze dingen geen zorgen te maken.
Im Moment hatte sie keinen Grund zu weinen.
Voorlopig had ze geen reden om te huilen.
Gregor war noch da und sorgte für seine Familie.
Gregor was er nog steeds en zorgde voor het gezin.
Und er hatte nie die Absicht, die Familie zu verlassen.
En hij was nooit van plan geweest het gezin te verlaten.
Im Moment lag er einfach nur da auf dem Teppich.
Voorlopig bleef hij gewoon op het tapijt liggen.
Die Familie wusste nichts von seinem Zustand.
De familie wist niet in welke toestand hij verkeerde.
Hätten sie das gewusst, hätten sie seinen Chef nicht ermutigt.
Hadden ze het geweten, dan hadden ze zijn baas niet aangemoedigd.
Sie hätten nicht einmal den Manager ins Haus gelassen.
Ze zouden de manager niet eens binnen hebben gelaten.
Ihn abzuweisen wäre nicht besonders unhöflich gewesen.
Hem wegsturen zou niet bepaald onbeleefd zijn geweest.
Er hätte später problemlos eine passende Ausrede finden können.
Hij had later makkelijk een geschikt excuus kunnen vinden.
Dafür hätte er nicht entlassen werden können.

Het was geen reden voor zijn ontslag.

Gregor war der Ansicht, dass es jetzt vernünftiger wäre, allein gelassen zu werden.

Gregor vond het verstandiger om nu alleen gelaten te worden.

Ihn durch Weinen und Reden zu stören, brachte wenig.

Hem storen met gehuil en gepraat had weinig effect.

Doch die anderen beunruhigte die Ungewissheit.

Maar het was juist de onzekerheid die de anderen dwarszat.

Und genau diese Unsicherheit entschuldigte ihr Verhalten.

En het was deze onzekerheid die hun gedrag rechtvaardigde.

„Herr Samsa!", rief der Manager mit erhobener Stimme.

"Meneer Samsa," riep de manager met verheven stem.

„Was ist los mit dir?", wollte er wissen.

'Wat is er met je aan de hand?' wilde hij weten.

„Du hast dich in deinem Zimmer verbarrikadiert."

"Je hebt jezelf in je kamer verschanst."

„Sie antworten nur mit ‚Ja' oder ‚Nein'."

"Je kunt alleen met 'ja' of 'nee' antwoorden."

„Du bereitest deinen Eltern große Sorgen."

"Je bezorgt je ouders ernstige zorgen."

„Ich sehe keinen guten Grund, warum Sie sie beunruhigen sollten."

"Ik zie geen goede reden waarom je ze ongerust zou maken."

„Es gibt da noch eine Sache, die ich nebenbei erwähnen möchte."

"Er is nog één ding dat ik terloops wil noemen."

„Sie vernachlässigen auch Ihre geschäftlichen Pflichten uns gegenüber."

"U verwaarloost ook uw zakelijke verplichtingen jegens ons."

„Eine solche Verantwortungslosigkeit entspricht so gar nicht Ihrem Charakter."

"Zo'n onverantwoordelijk gedrag is totaal niet kenmerkend voor jou."

„Ich spreche hier im Namen Ihrer Eltern und Ihres Chefs."

"Ik spreek hier namens uw ouders en uw baas."

„Und ich bitte Sie um eine sofortige und klare Erklärung."

"En ik verzoek u om een onmiddellijke en duidelijke uitleg."

„Das Ganze erstaunt mich wirklich, das muss ich sagen."
"Ik vind dit echt ongelooflijk, moet ik zeggen."
„Ich dachte, ich kenne dich als ruhigen und vernünftigen Menschen."
"Ik dacht dat ik je kende als een kalm en redelijk persoon."
„Aber jetzt zeigst du uns eine andere Seite von dir."
"Maar nu laat je ons een andere kant van jezelf zien."
„Plötzlich zeigst du deine ganz eigenen Launen."
"Plotseling laat je je wel heel eigenaardige grillen zien."
„Aber es könnte eine Erklärung für Ihr Scheitern geben."
"Maar er is wellicht een verklaring voor uw mislukking."
„Der Chef erwähnte eine Forderung, die Sie für uns eingetrieben hatten."
"De baas had het over een schuld die u voor ons had geïncasseerd."
"Ich habe dem Chef in Ihrem Namen mein Ehrenwort gegeben."
"Ik heb de baas namens jou mijn erewoord gegeven."
„Aber jetzt sehe ich deine unverständliche Sturheit."
"Maar nu zie ik je onbegrijpelijke koppigheid."
"Vielleicht verliere ich auch noch jegliche Lust, dir überhaupt zu helfen."
"Het zou zomaar kunnen dat ik helemaal geen zin meer heb om je te helpen."
„Ihre Arbeitsplatzsicherheit ist keineswegs völlig stabil."
"Uw baan is absoluut niet geheel stabiel."
„Eigentlich wollte ich euch das alles unter vier Augen erzählen."
"Ik was oorspronkelijk van plan om je dit allemaal privé te vertellen."
„Aber jetzt sehe ich, dass Sie wollen, dass ich hier meine Zeit verschwende."
"Maar nu zie ik dat je wilt dat ik hier mijn tijd verspil."
„Ich sehe also keinen Grund, warum deine Eltern das nicht wissen sollten."
"Ik zie dus geen reden waarom je ouders het niet zouden mogen weten."

„Ihre Leistungen in letzter Zeit waren nicht
zufriedenstellend.“

"Uw recente prestaties waren niet bevredigend."

„Ich räume ein, dass die Verkäufe zu dieser Jahreszeit
langsamer laufen.“

"Ik geef toe dat de verkoop in deze tijd van het jaar lager ligt."

„Aber es gibt keine Jahreszeit, in der es keine Verkäufe
gibt.“

"Maar er is geen periode in het jaar waarin er geen uitverkoop
is."

Für einen Moment vergaß Gregor alles um sich herum.

Gregor vergat even alles om zich heen.

„Aber Herr Prokurist!“, rief Gregor verzweifelt aus.

"Maar meneer Prokurist!", riep Gregor wanhopig uit.

"Ich öffne die Tür sofort, jetzt gleich, keine Sorge."

"Ik doe de deur meteen open, nu meteen, maak je geen
zorgen."

„Das Problem ist, dass ich mich ziemlich unwohl fühle.“

"Het probleem is dat ik me de laatste tijd behoorlijk onwel
voel."

„Mir war schwindelig, deshalb konnte ich die Tür nicht
erreichen.“

"Door mijn duizeligheid kon ik niet bij de deur komen."

„Ich liege zwar noch im Bett, aber es geht mir schon viel
besser.“

"Ik lig nog steeds in bed, maar ik voel me al veel beter."

"Einen Moment bitte, ich stehe gerade erst auf."

"Een momentje alstublieft, ik kom net uit bed."

"Einen Moment Geduld, Herr Prokurist, ist alles, worum ich
bitte."

"Een momentje geduld is alles wat ik vraag, meneer
Prokurist."

„Es läuft nicht so gut, wie ich dachte, aber ich werde es
schon schaffen.“

"Het gaat niet zo goed als ik had verwacht, maar het komt wel
goed."

"Wie kann so etwas einem Menschen so schnell passieren?"

"Hoe kan zoiets iemand zo snel overkomen?"
„Mir ging es gestern Abend gut, das wissen meine Eltern.“
"Ik voelde me gisteravond prima, mijn ouders weten dat."
„Aber vielleicht hatte ich damals schon eine kleine Vorahnung.“
"Maar misschien had ik toen al een klein voorgevoel."
„Man könnte sich fragen, warum ich es nicht im Büro gemeldet habe.“
"Je vraagt je misschien af waarom ik het niet bij het kantoor heb gemeld."
„Ich dachte, ich würde mich morgen früh wieder viel besser fühlen.“
"Ik dacht dat ik me 's ochtends weer veel beter zou voelen."
„Man denkt immer, dass sie die Krankheit bis dahin besiegt haben werden.“
"Je denkt altijd dat je de ziekte dan wel overwonnen hebt."
„Aber bitte! Verschonen Sie meine Eltern vor diesen Anschuldigungen!“
"Maar alsjeblieft! Bespaar mijn ouders deze beschuldigingen!"
„Mir wurde kein Wort von dem erzählt, was Sie mir erzählt haben.“
"Er is mij geen woord verteld over wat u mij verteld heeft."
„Sie haben möglicherweise die letzten von mir versandten Befehle nicht gelesen.“
"Je hebt de laatste orders die ik heb verstuurd misschien niet gelezen."
„Übrigens, du brauchst dir heute keine Sorgen um mich zu machen.“
"Trouwens, je hoeft je vandaag geen zorgen over mij te maken."
„Ich werde trotzdem den Zug um acht Uhr nehmen.“
"Ik neem nog steeds de trein van acht uur."
„Die wenigen Stunden Ruhe haben mich ausreichend gestärkt.“
"Die paar uurtjes rust hebben me voldoende kracht gegeven."
"Sie müssen wirklich nicht warten, Manager."
"U hoeft echt niet te wachten, manager."

„Auch ich werde schon bald im Büro sein."
"Ikzelf ben ook binnenkort weer op kantoor."
"Und bitte seien Sie so freundlich, ein gutes Wort für mich
einzulegen."
"En wilt u alstublieft een goed woordje voor me doen?"
Gregor hatte seine Erklärung recht hastig vorgetragen.
Gregor had zijn uitleg nogal haastig gegeven.
Er wusste selbst kaum, was er eigentlich sagen wollte.
Hij wist nauwelijks wat hij nu eigenlijk probeerde te zeggen.
**Er ging zu der Kiste und versuchte, sich daran
hochzuziehen.**
Hij liep naar de doos en probeerde zich daarmee op te richten.
Er hatte wirklich die feste Absicht, die Tür zu öffnen.
Hij was echt van plan de deur open te doen.
Er wollte vom Bevollmächtigten empfangen werden.
Hij wilde door de bevoegde vertegenwoordiger worden
gezien.
Und er wollte das Problem persönlich mit ihm lösen.
En hij wilde het probleem persoonlijk met hem oplossen.
**Er war gespannt darauf, wie die anderen auf ihn reagieren
würden.**
Hij was benieuwd hoe de anderen op hem zouden reageren.
**Sie sind bestimmt inzwischen auch gespannt darauf, wie es
ihm geht.**
Ze zullen nu ongetwijfeld ook graag willen weten hoe het met
hem gaat.
**Es gab zwei mögliche Arten, wie sie auf ihn reagieren
konnten.**
Er waren twee mogelijke manieren waarop ze op hem konden
reageren.
Eine Möglichkeit war, dass sie Angst bekommen würden.
Een mogelijkheid was dat ze bang zouden worden.
Wenn sie Angst hatten, dann trug er keine Verantwortung.
Als ze bang waren, dan was hij daar niet verantwoordelijk
voor.
**Und dann müsste er sich keine Sorgen mehr um die
Situation machen.**

En dan hoefde hij zich geen zorgen meer te maken over de situatie.

Es gab aber auch noch eine andere Möglichkeit, die man in Betracht ziehen musste.

Maar er was ook nog een andere mogelijkheid om over na te denken.

Vielleicht würden sie ihn so, wie er war, einfach hinnehmen.

Misschien zouden ze hem rustig accepteren zoals hij was.

Dann hätte auch Gregor keinen Grund, sich aufzuregen.

Dan zou Gregor ook geen reden hebben om boos te worden.

Es bliebe noch genügend Zeit, den Zug zu erreichen.

Er zou nog genoeg tijd zijn om de trein te halen.

Das Aufrechtstehen war jedoch alles andere als einfach.

Rechtop staan was echter geenszins een gemakkelijke opgave.

Bei seinen ersten Versuchen rutschte er von der Kiste ab.

Bij zijn eerste pogingen gleed hij van de doos af.

Die Kiste war zu glatt, als dass er sich dagegen stemmen konnte.

De doos was te glad om ertegenaan te kunnen staan.

Und schließlich gab er sich noch einen letzten Anstoß, um aufzustehen.

En tenslotte gaf hij zichzelf nog een laatste duw om overeind te komen.

Er schenkte den Schmerzen in seinem Bauch keine Beachtung mehr.

Hij schonk geen aandacht meer aan de pijn in zijn buik.

Egal wie groß der Schmerz sein würde, er würde es durchstehen.

Hoe erg de pijn ook was, hij zou erdoorheen komen.

Er ließ sich gegen die Lehne eines nahegelegenen Stuhls fallen.

Hij liet zich tegen de rugleuning van een nabijgelegen stoel vallen.

Und er hielt sich mit seinen kleinen Beinchen am Rand fest.

En hij hield zich met zijn kleine beentjes vast aan de randen.

Zu diesem Zeitpunkt hatte er sich besser im Griff.

Hij had zichzelf nu beter onder controle.

Und sein Fall war stiller als der vorherige.

En zijn val was stiller dan de vorige.

Weil er dem Manager zuhören musste.

Omdat hij moest luisteren naar wat de manager zei.

„Habt ihr irgendetwas davon verstanden?", fragte er die Eltern.

"Hebben jullie daar iets van begrepen?" vroeg hij aan de ouders.

"Er würde uns doch nicht zum Narren halten, oder?"

"Hij zou ons toch niet voor schut zetten, hè?"

„Um Gottes Willen!", rief die Mutter und weinte bereits.

"In godsnaam!", riep de moeder, terwijl ze al in tranen uitbarstte.

„Er könnte schwer krank sein und wir quälen ihn."

"Hij is mogelijk ernstig ziek en we kwellen hem."

"Grete! Grete!", schrie sie ihrer Tochter zu.

"Grete! Grete!" schreeuwde ze naar haar dochter.

„Mutter?", rief die Schwester von der anderen Seite.

'Moeder?' riep de zus van de andere kant.

Dann kommunizierten sie durch Gregors Zimmer.

Vervolgens communiceerden ze via Gregors kamer.

„Gregor ist sehr krank und braucht Medikamente."

"Gregor is erg ziek en heeft medicijnen nodig."

„Sie müssen sofort zum Arzt gehen."

"U moet onmiddellijk naar de dokter."

Hast du gehört, wie Gregor eben gesprochen hat?

"Heb je gehoord hoe Gregor net praatte?"

„Das war die Stimme eines Tieres", sagte der Manager.

"Dat was de stem van een dier," zei de manager.

Seine Worte waren leise im Vergleich zu den Schreien der Mutter.

Zijn woorden klonken zacht in vergelijking met het geschreeuw van de moeder.

"Anna! Anna!", rief der Vater durch das Vorzimmer.

"Anna! Anna!" riep de vader vanuit de voorkamer.

Und er klatschte in die Hände, um ihre Aufmerksamkeit zu erregen.

En hij klapte in zijn handen om hun aandacht te trekken.

"Holt sofort einen Schlüsseldienst!", befahl er dem Dienstmädchen.

"Haal onmiddellijk een slotenmaker!" beval hij de dienstmeid.

Die Mädchen rannten in ihren Röcken durch das Vorzimmer.

De meisjes renden in hun rokken door de voorkamer.

Und ihre Röcke raschelten, als sie an seinem Zimmer vorbeiliefen.

En hun rokken ritselden toen ze langs zijn kamer renden.

„Wie konnte sich die Schwester so schnell anziehen?", dachte er.

'Hoe heeft de zus zich zo snel aangekleed?' dacht hij.

Die Tür war aufgerissen, aber nicht zugeschlagen.

De deur werd opengereten, maar niet dichtgeslagen.

Dies kommt häufig in Haushalten vor, in denen ein großes Unglück geschieht.

Dit komt vaak voor in huizen waar een groot ongeluk heeft plaatsgevonden.

All das hatte Gregor jedoch deutlich ruhiger gemacht.

Maar dit alles had Gregor veel rustiger gemaakt.

Als er seine eigenen Worte hörte, erschienen sie ihm klar.

Toen hij zijn eigen woorden hoorde, klonken ze hem helder in de oren.

Tatsächlich war er der Ansicht, seine Worte seien eigentlich klarer gewesen.

Hij vond zelfs dat zijn woorden duidelijker waren geweest.

Die anderen aber verstanden nicht mehr, was er sagte.

Maar de anderen begrepen niet meer wat hij zei.

Vielleicht hatte er sich inzwischen an seine Ohren gewöhnt.

Misschien was hij inmiddels gewend geraakt aan zijn oren.

Aber zumindest verstanden sie seine Situation jetzt besser.

Maar ze begrepen zijn situatie nu tenminste beter.

Sie erkannten, dass mit ihm tatsächlich etwas nicht stimmte.

Ze beseften dat er echt iets mis met hem was.

Und sie taten nun alles, was sie konnten, um ihm zu helfen.
En ze deden nu alles wat ze konden om hem te helpen.
Dies gab Gregor ein Gefühl des Selbstvertrauens, das ihm gefehlt hatte.
Dit gaf Gregor een gevoel van zelfvertrouwen dat hij miste.
Und er fühlte sich in der Familie wieder viel sicherer.
En hij voelde zich weer veel veiliger binnen het gezin.
Er hatte das Gefühl, wieder in den menschlichen Kreis aufgenommen zu sein.
Hij had het gevoel dat hij weer deel uitmaakte van de menselijke kring.
Nun musste er hoffen, dass der Schlüsseldienst die Tür öffnen konnte.
Nu moest hij maar hopen dat de slotenmaker de deur open kon krijgen.
Und er hoffte, der Arzt könne solche Aufgaben ausführen.
En hij hoopte dat de dokter dergelijke taken zou kunnen uitvoeren.
Er würde bald wieder mehr reden müssen.
Hij zou binnenkort weer meer moeten praten.
Seine Stimme musste so klar wie möglich sein.
Zijn stem moest zo duidelijk mogelijk zijn.
Zur Vorbereitung auf das Treffen räusperte er sich.
Ter voorbereiding op de vergadering schraapte hij zijn keel.
Er bemühte sich jedoch, nur sehr leise zu husten.
Hij deed echter zijn best om zo zachtjes mogelijk te hoesten.
Das Geräusch klang möglicherweise anders als ein menschlicher Husten.
Het geluid klonk mogelijk anders dan een menselijke hoest.
Er wusste, dass er solche Dinge nicht mehr unterscheiden konnte.
Hij wist dat hij zulke dingen niet meer van elkaar kon onderscheiden.
Im Nebenzimmer war es vollkommen still geworden.
In de aangrenzende kamer was het volkomen stil geworden.
Die Eltern saßen wahrscheinlich am Tisch.
De ouders zaten waarschijnlijk aan tafel.

Möglicherweise flüsterten sie mit dem Manager.

Ze hebben wellicht gefluisterd met de manager.

Vielleicht lehnten alle an der Tür und lauschten.

Misschien stond iedereen wel tegen de deur geleund te luisteren.

Gregor schob den Stuhl langsam in Richtung Tür.

Gregor schoof de stoel langzaam naar de deur.

Er stemmte sich gegen die Tür und hielt sich aufrecht.

Hij duwde zich tegen de deur af en hield zichzelf overeind.

Er stellte fest, dass sich an seinen Fußsohlen ein wenig Klebstoff befand.

Hij ontdekte dat er een beetje lijm op de kussentjes van zijn voeten zat.

Und er ruhte sich dort einen Moment lang von der Anstrengung aus.

En hij rustte daar even uit van de inspanning.

Nachdem er sich ausreichend ausgeruht hatte, begann er mit der nächsten Aufgabe.

Nadat hij voldoende uitgerust was, begon hij aan de volgende taak.

Er begann, den Schlüssel mit dem Mund im Schloss zu drehen.

Hij begon de sleutel in het slot met zijn mond om te draaien.

Leider schien er gar keine Zähne zu haben.

Helaas bleek dat hij geen echte tanden had.

Aber welche andere Möglichkeit hätte er gehabt, an die Schlüssel zu gelangen?

Maar op welke andere manier had hij de sleutels kunnen bemachtigen?

Zum Glück für ihn waren seine Kiefer natürlich sehr kräftig.

Gelukkig voor hem waren zijn kaken natuurlijk erg sterk.

Mit Hilfe seiner Kiefermuskeln brachte er den Schlüssel tatsächlich in Bewegung.

Met behulp van zijn kaken kreeg hij de sleutel echt in beweging.

Er hatte keinen Zweifel daran, dass er sich damit auch selbst schadete.

Hij twijfelde er niet aan dat hij zichzelf ook schade
berokkende.

Weil eine braune Flüssigkeit aus seinem Mund kam.

Omdat er een bruine vloeistof uit zijn mond kwam.

**Die braune Flüssigkeit ergoss sich über den Schlüssel und
die Tür hinunter.**

De bruine vloeistof stroomde over de sleutel en langs de deur
naar beneden.

Aber Gregor kümmerte es nicht, dass er sich selbst schadete.

Maar Gregor gaf er niets om dat hij zichzelf daarmee pijn
deed.

**„Können Sie das hören?", fragte der Manager im
Nebenraum.**

'Kun je dat horen?' vroeg de manager in de aangrenzende
kamer.

„Er dreht den Schlüssel um", hatte der Manager bemerkt.

"Hij draait de sleutel om," had de manager opgemerkt.

Diese Worte waren eine große Ermutigung für Gregor.

Deze woorden waren een grote aanmoediging voor Gregor.

Aber auch Vater und Mutter hätten rufen sollen:

Maar de vader en moeder hadden ook moeten roepen:

„Gut gemacht, Gregor!", hätten sie ihm zurufen sollen.

"Goed zo, Gregor," hadden ze hem moeten toeroepen.

**„Immer weiter, immer weiter am Schlüssel drehen, du
schaffst das."**

"Ga door, blijf die sleutel omdraaien, je kunt het."

Stattdessen musste Gregor sich ihre Begeisterung vorstellen.

Maar Gregor moest zich hun opwinding inbeelden.

Er presste die Zähne zusammen mit aller Kraft, die er hatte.

Hij klemde zijn kaken op elkaar met al zijn kracht.

Und er drehte den Schlüssel weiter im Schloss.

En hij bleef de sleutel in het slot ronddraaien.

Sein Körper wand sich schmerzhaft im Kreis.

Zijn lichaam kronkelde pijnlijk in een cirkel.

Er konnte sich nur noch mit dem Mund aufrecht halten.

Hij hield zich nu alleen nog maar met zijn mond overeind.

Um den Schlüssel weiterzudrehen, drückte er gegen die Tür.

Om de sleutel te blijven draaien, drukte hij tegen de deur.

Schließlich weckte das Knacken des Schlosses Gregor wieder auf.

Eindelijk wekte het geluid van het dichtslaan van het slot Gregor weer.

„Ich brauchte also keinen Schlüsseldienst", seufzte er erleichtert.

"Dus ik had geen slotenmaker nodig," zuchtte hij opgelucht.

Jetzt musste er nur noch die Tür öffnen, die er aufgeschlossen hatte.

Nu hoefde hij alleen nog maar de deur te openen die hij had ontgrendeld.

Und mit dem Kopf auf dem Türgriff öffnete er die Tür.

En met zijn hoofd op de klink opende hij de deur.

Er befand sich hinter der Tür, die in sein Zimmer führte.

Hij stond achter de deur die toegang gaf tot zijn kamer.

Die Tür war also schon offen, bevor man ihn sehen konnte.

De deur stond dus al open voordat hij te zien was.

Als Nächstes musste er sich um die Tür herummanövrieren.

Vervolgens moest hij zich om de deur heen manoeuvreren.

Diese schwierige Bewegung erforderte auch viel Mühe.

Deze lastige beweging vergde ook veel inspanning.

Er wollte nicht ungeschickt in den nächsten Raum fallen.

Hij wilde niet onhandig de volgende kamer binnenvallen.

So hatte er keine Zeit, sich auf irgendetwas anderes zu konzentrieren.

Hij had dus geen tijd om op iets anders te letten.

Doch dann hörte er den Hauptsekretär laut „Oh!" ausrufen.

Maar toen hoorde hij de hoofdsecretaris luid "O!" roepen.

Es klang, als würde der Wind durchs Haus rauschen.

Het klonk alsof de wind door het huis raasde.

Er war zufällig derjenige, der der Tür am nächsten stand.

Hij was toevallig degene die het dichtst bij de deur stond.

Und als er ihn nun sah, presste er die Hand an den Mund.

En toen hij hem zag, drukte hij zijn hand tegen zijn mond.

Langsam bewegte er sich rückwärts, weg von Gregor.

Hij bewoog zich langzaam achteruit, weg van Gregor.

Aber es war, als ob eine unsichtbare Kraft auf ihn einwirkte.
Maar het was alsof een onzichtbare kracht op hem inwerkte.
Das Erste, was die Mutter tat, war, den Vater anzusehen.
Het eerste wat de moeder deed, was naar de vader kijken.
Trotz der Anwesenheit des Managers war ihr Haar zerzaust.
Ondanks de aanwezigheid van de manager was haar haar
warrig.
**Sie verschränkte die Arme und machte zwei Schritte nach
vorn.**
Ze vouwde haar armen open en deed twee stappen naar
voren.
Doch dann brach sie mitten in ihrem Rock zusammen.
Maar toen zakte ze in elkaar, midden in haar rok.
Ihr Kleid breitete sich um sie herum auf dem Boden aus.
Haar jurk spreidde zich helemaal om haar heen uit op de
vloer.
Und ihr Kopf verschwand auf ihren eigenen Brüsten.
En haar hoofd verdween naar beneden, op haar eigen borsten.
**Der Vater ballte mit feindseligem Gesichtsausdruck die
Faust.**
De vader balde zijn vuist met een vijandige uitdrukking.
Er schien Gregor zurück in sein Zimmer drängen zu wollen.
Hij leek Gregor terug in zijn kamer te willen duwen.
Dann blickte er unsicher im Wohnzimmer umher.
Vervolgens keek hij onzeker rond in de woonkamer.
Und schließlich bedeckte er seine Augen mit den Händen.
En tenslotte bedekte hij zijn ogen met zijn handen.
Und er weinte bitterlich, bis seine mächtige Brust erbebte.
En hij huilde bitter, tot zijn machtige borst beefde.
Gregor betrat ihr Zimmer tatsächlich gar nicht.
Gregor is in werkelijkheid helemaal niet hun kamer
binnengegaan.
Stattdessen lehnte er sich an den Türrahmen.
In plaats daarvan leunde hij tegen het deurkozijn.
Von außen war nur die Hälfte seines Körpers sichtbar.
Voor de buitenstaanders was slechts de helft van zijn lichaam
zichtbaar.

Und auf seinem Körper befand sich sein Kopf, zur Seite geneigt.

En bovenop zijn lichaam lag zijn hoofd, schuin opzij gekanteld.

Das Licht war inzwischen viel heller geworden als zuvor.

Inmiddels was het licht veel feller geworden dan voorheen.

Man konnte nun deutlich die andere Straßenseite sehen.

Nu was de overkant van de straat duidelijk zichtbaar.

Ein Teil des endlosen, grauen Krankenhauses gab sich zu erkennen.

Een gedeelte van het eindeloze, grijze ziekenhuis werd zichtbaar.

Der Morgenregen hatte noch nicht ganz aufgehört.

De ochtendregen was nog niet helemaal opgehouden.

Doch nun waren die Regentropfen größer und weiter voneinander entfernt.

Maar nu waren de regendruppels groter en lagen ze verder uit elkaar.

Das Frühstücksbuffet war in Hülle und Fülle vorhanden.

Het ontbijt stond in overvloed op tafel.

Der Vater hielt das Frühstück für die wichtigste Mahlzeit.

De vader vond het ontbijt de belangrijkste maaltijd.

Das Frühstück war eine Mahlzeit, die er stundenlang in die Länge zog.

Het ontbijt was voor hem een maaltijd die urenlang duurde.

Und in diesen Stunden las er die verschiedenen Zeitungen.

En in die uren las hij de verschillende kranten.

Direkt gegenüber hing ein Foto von Gregor.

Aan de tegenoverliggende muur hing een foto van Gregor.

Das Foto an der Wand zeigte ihn als Leutnant.

Op de foto aan de muur was hij te zien als luitenant.

Es war ein Foto aus seiner Zeit beim Militär.

Het was een foto uit de tijd dat hij in het leger zat.

Seine Hand ruhte auf seinem Schwert, und er hatte ein unbeschwertes Lächeln im Gesicht.

Zijn hand rustte op zijn zwaard en hij had een zorgeloze glimlach op zijn gezicht.

Seine Haltung und seine Uniform flößten einen gewissen Respekt ein.

Zijn houding en uniform dwongen een zekere mate van respect af.

Die andere Tür, die zum Vorzimmer führte, war ebenfalls offen.

De andere deur die naar de voorkamer leidde, stond ook open.

Und die Tür zur Wohnung war auch noch offen.

En de deur naar het appartement stond ook nog open.

Man konnte bis zum Vorhof des Wohnhauses sehen.

Men kon helemaal tot aan de voortuin van het appartementencomplex kijken.

Und dann führte die Treppe hinunter auf die Straße.

En vervolgens leidde de trap naar beneden, naar de straat.

Gregor war der Einzige, der die Fassung bewahrt hatte.

Gregor was de enige die zijn kalmte had bewaard.

Er hat das gesehen, daher lag die Verantwortung für das Gespräch bei ihm.

Hij zag dit, dus het was zijn verantwoordelijkheid om het gesprek aan te gaan.

"So, ich werde mich jetzt für die Arbeit anziehen", sagte er.

'Nou, ik ga me nu aankleden voor mijn werk,' zei hij.

„Sobald ich die Textilmuster verpackt habe, werde ich abreisen.“

"Nadat ik de textielstalen heb ingepakt, vertrek ik."

"Beabsichtigen Sie immer noch, mich zu entlassen, Herr Prokurist?"

"Bent u nog steeds van plan mij te ontslaan, meneer Prokurist?"

„Wie Sie sehen, bin ich nicht so stur, wie Sie dachten.“

"Zoals je ziet, ben ik niet zo koppig als je dacht."

„Und Sie können sehen, dass ich doch gerne arbeite.“

"En je ziet dus dat ik het wel degelijk leuk vind om te werken."

„Ich kann zugeben, dass Reisen aus beruflichen Gründen nicht einfach ist.“

"Ik geef toe dat reizen voor mijn werk niet makkelijk is."

„Aber ich kann auch akzeptieren, dass es Teil meines Jobs ist."

"Maar ik kan ook accepteren dat het onderdeel is van mijn werk."

"Manager, wo gehen Sie hin? Zurück ins Büro?"

"Manager, waar gaat u heen? Terug naar kantoor?"

„Werden Sie alles, was Sie gesehen haben, wahrheitsgemäß berichten?"

"Zult u alles wat u hebt gezien naar waarheid vertellen?"

„Manchmal kommt es vor, dass man nicht zur Arbeit gehen kann."

"Soms komt het voor dat iemand niet naar zijn werk kan gaan."

„Das ist der richtige Zeitpunkt, um sich an vergangene Erfolge zu erinnern."

"Dat is het juiste moment om stil te staan bij successen uit het verleden."

„Nachdem die Schwierigkeit beseitigt wurde, funktioniert es sogar noch besser."

"Nadat de moeilijkheid is weggenomen, werkt men nog beter."

„Mein Fleiß und meine Konzentration werden zunehmen."

"Mijn ijver en concentratie zullen toenemen."

"Sie wissen ganz genau, dass ich dem Chef etwas schulde."

"Je weet heel goed dat ik de baas veel verschuldigd ben."

„Aber ich mache mir auch Sorgen um meine Eltern und meine Schwester."

"Maar ik maak me ook zorgen om mijn ouders en mijn zus."

„Ich stecke in einer schwierigen Lage, aber ich werde einen Weg finden, da wieder herauszukommen."

"Ik zit in een lastig parket, maar ik vind wel een manier om hieruit te komen."

„Macht es nicht noch schwieriger, als es ohnehin schon ist."

"Maak het niet nog moeilijker dan het al is."

„Als Kollegen müssen wir uns auch gegenseitig helfen."

"Als collega's moeten we elkaar ook helpen."

„Ich weiß, dass die Büroangestellten die Reisenden nicht mögen."

"Ik weet dat de kantoormedewerkers de reizigers niet mogen."

„Ihr glaubt, wir verdienen ein Vermögen und führen ein gutes Leben.“

"Jullie denken dat we een fortuin verdienen en een goed leven leiden."

„Sie haben keinen wirklichen Grund, ihre Vorurteile zu hinterfragen.“

"Ze hebben geen enkele reden om hun vooroordelen te overwegen."

„Sie als befugter Beamter haben jedoch eine andere Rolle.“

"Maar u, als bevoegd functionaris, heeft een andere rol."

„Sie haben einen besseren Überblick als die anderen Mitarbeiter.“

"Jij hebt een beter overzicht dan de andere medewerkers."

„Tatsächlich glaube ich, dass Sie den besten Überblick haben.“

"Sterker nog, ik denk dat u misschien wel het beste overzicht heeft."

„Sie haben einen besseren Überblick als der Chef selbst.“

"U heeft een beter overzicht dan de baas zelf."

„Ich gebe zu, dass der Chef die unternehmerische Arbeit leistet.“

"Ik geef toe dat de baas wel degelijk het ondernemerswerk doet."

„Aber es ist leicht, dass seine Urteile in die Irre geführt werden.“

"Maar zijn oordelen kunnen gemakkelijk misleid worden."

„Und diese kleinen Fehleinschätzungen können uns zum Nachteil gereichen.“

"En deze kleine misstappen kunnen ons duur komen te staan."

„Sie wissen ja, wie leicht es ist, über den Reisenden zu sprechen.“

"Je weet hoe makkelijk het is om over de reiziger te praten."

„Er ist nicht da, um seinen Ruf vor Gerüchten zu verteidigen.“

"Hij is daar niet om zijn reputatie te verdedigen tegen roddels."

„Diese Anschuldigungen können leicht nur Zufälle sein."
"Deze beschuldigingen kunnen heel goed gewoon toeval zijn."
„Viele Beschwerden beruhen nicht einmal auf irgendeiner Wahrheit."
"Veel klachten zijn zelfs niet op de waarheid gebaseerd."
„Er ist fast das ganze Jahr über nicht im Büro."
"Hij is bijna het hele jaar niet op kantoor."
Welche Chance hat er, seinen Ruf zu verteidigen?
"Welke kans heeft hij om zijn eigen reputatie te verdedigen?"
„Er erfährt gar nichts von den Anschuldigungen."
"Hij krijgt niet eens iets te horen over de beschuldigingen."
„Er erfährt erst, was gesagt wurde, wenn es zu spät ist."
"Hij komt erachter wat er gezegd is als het te laat is."
„Zu diesem Zeitpunkt ist er von der Tagesreise völlig erschöpft."
"Tegen die tijd is hij uitgeput van de reis van die dag."
„Er muss die schrecklichen Konsequenzen trotzdem am eigenen Leib erfahren."
"Hij moet de vreselijke gevolgen hoe dan ook ondervinden."
„Auch wenn er keine Möglichkeit hat, das Problem zu verstehen."
"Ook al kan hij het probleem onmogelijk begrijpen."
"Oh Manager, gehen Sie nicht, ohne mir ein Wort zu sagen."
"O manager, ga alstublieft niet weg zonder even met me te praten."
„Sag mir wenigstens, dass du mir teilweise zustimmst."
"Zeg me in ieder geval dat je het gedeeltelijk met me eens bent."
Der Manager hatte sich aber schon viel früher von Gregor abgewandt.
Maar de manager had zich al veel eerder van Gregor afgewend.
Seine Schulter zuckte, als er Gregor anblickte.
Zijn schouder trilde even toen hij naar Gregor achterom keek.
Und er blieb während der gesamten Rede kein einziges Mal stehen.
En hij heeft tijdens zijn toespraak geen moment stilgestaan.

Er hatte Gregor mit zusammengepressten Lippen angesehen.
Hij had Gregor met samengeknepen lippen aangekeken.
Er hatte sich allmählich in Richtung Tür zurückgezogen.
Hij was geleidelijk naar de deur toe achteruitgelopen.
Aber auch er konnte den Blick nicht von Gregor abwenden.
Maar ook hij kon zijn ogen niet van Gregor afhouden.
**Er hatte das Gefühl, es gäbe ein geheimes Verbot, den Raum
zu verlassen.**
Hij had het gevoel dat er een geheim verbod gold om de
kamer te verlaten.
**Zu diesem Zeitpunkt befand er sich aber bereits in der
Eingangshalle.**
Maar op dat moment bevond hij zich al in de entreehal.
**Und nun machte er eine plötzliche Bewegung in Richtung
Ausgang.**
En nu maakte hij een plotselinge beweging richting de
uitgang.
Er streckte seine rechte Hand in Richtung der Treppe aus.
Hij strekte zijn rechterhand uit naar de trap.
**Vielleicht wartete eine übernatürliche Macht darauf, ihn zu
retten.**
Misschien stond er wel een bovennatuurlijke kracht klaar om
hem te redden.
Gregor wusste, dass er ihn so nicht gehen lassen konnte.
Gregor wist dat hij hem niet zomaar kon laten vertrekken.
**Der Manager darf nicht in der Stimmung zurückkehren, in
der er sich befand.**
De manager mag niet in dezelfde stemming terugkeren als
waarin hij was.
Gregors Arbeitsplatz war stark gefährdet.
De baan van Gregor stond ernstig op het spel.
Die Eltern konnten das alles nicht vollständig verstehen.
De ouders konden dit allemaal niet helemaal begrijpen.
**Über die Jahre hatten sie sich an seine Arbeitsplatzsicherheit
gewöhnt.**
In de loop der jaren waren ze gewend geraakt aan zijn
baanzekerheid.

Und sie waren davon überzeugt, dass er den Job auf Lebenszeit hatte.

En ze waren ervan overtuigd geraakt dat hij de baan voor het leven had.

Stattdessen hatten sie sich mit anderen Sorgen beschäftigt.

In plaats daarvan waren ze druk bezig geraakt met andere zaken.

Doch diese Bedenken führten dazu, dass sie jegliche Weitsicht verloren.

Maar door deze zorgen verloren ze elk vooruitziend vermogen.

Gregor hatte jedoch die elterliche Weitsicht nicht verloren.

Gregor had echter het vooruitziende vermogen van zijn ouders niet verloren.

Jemand musste den Bevollmächtigten stoppen.

Iemand moest de gemachtigde vertegenwoordiger tegenhouden.

Er musste ihn beruhigen und überzeugen.

Hij zou hem moeten kalmeren en overtuigen.

Davon hing die Zukunft von Gregor und seiner Familie ab!

De toekomst van Gregor en zijn familie hing ervan af!

Wenn doch nur die kluge Schwester da gewesen wäre, um zu helfen.

Was die slimme zus er maar geweest om te helpen.

Sie hatte schon geweint, als Gregor noch in seinem Zimmer war.

Ze had al gehuild toen Gregor nog in zijn kamer was.

Zu diesem Zeitpunkt lag er einfach nur ruhig auf dem Rücken.

Op dat moment lag hij gewoon rustig op zijn rug.

Sie wusste damals schon um die Bedeutung der Situation.

Ze besefte toen al hoe belangrijk de situatie was.

Der Manager hatte bekanntermaßen eine Schwäche für Frauen.

De manager had een aantoonbaar zwak voor vrouwen.

Sie hätte ihn leicht dazu überreden können, länger zu bleiben.

Ze had hem er makkelijk van kunnen overtuigen om langer te blijven.

Sie hätte die Tür geschlossen und ihn wieder hineingeführt.

Ze zou de deur hebben gesloten en hem weer naar binnen hebben geleid.

Doch leider war die Schwester bereits aufgebrochen, um einen Arzt zu holen.

Maar helaas was de zus een dokter gaan halen.

Deshalb blieb Gregor nichts anderes übrig, als es selbst zu tun.

Gregor had daarom geen andere keus dan het zelf te doen.

Er hatte nicht bedacht, welche Fähigkeiten er tatsächlich besaß.

Hij had er niet bij stilgestaan wat zijn werkelijke vaardigheden inhielden.

Und er hatte vergessen, seiner Fähigkeit zu sprechen zu misstrauen.

En hij was vergeten te twijfelen aan zijn eigen vermogen om te spreken.

Dennoch verließ er die Sicherheit seines Zimmers.

Maar desondanks verliet hij de veiligheid van zijn kamer.

Und er drängte sich durch die Öffnung des Zimmers.

En hij wurmde zich door de opening van de kamer.

Der Manager war bereits auf dem Weg die Treppe hinunter.

De manager was al op weg naar beneden via de trap.

Aber er hielt sich mit beiden Händen am Geländer fest.

Maar hij hield zich met beide handen vast aan de leuning.

Gregor stürzte, als er sich durch die Tür schob.

Gregor viel toen hij zich door de deur probeerde te wurmen.

Er stieß einen kleinen Schrei aus, als er nach Halt griff.

Hij slaakte een kleine gil terwijl hij zich vastgreep.

Doch anstatt in Panik zu geraten, verspürte er ein körperliches Wohlbefinden.

Maar in plaats van in paniek te raken, voelde hij zich fysiek goed.

Zum ersten Mal an diesem Morgen fühlte sich etwas richtig an.

Voor het eerst die ochtend voelde alles goed aan.

Alle seine Beine standen nun auf festem Boden.

Al zijn benen stonden nu weer op vaste grond.

Er war überrascht, wie gut er seine Beine kontrollieren konnte.

Hij was verrast hoe goed hij zijn benen kon beheersen.

Er freute sich, festzustellen, dass seine Beine ihm vollkommen gehorchten.

Hij was blij te constateren dat zijn benen hem volledig gehoorzaamden.

Tatsächlich trugen ihn seine Beine überall hin, wo er hinwollte.

In feite brachten zijn benen hem overal naartoe waar hij wilde.

Bald würden all seine Sorgen ein Ende finden.

Al zijn zorgen zouden spoedig tot een einde komen.

Doch im selben Augenblick sprang seine eigene Mutter auf.

Maar op precies hetzelfde moment sprong zijn eigen moeder overeind.

Ihre Arme waren ausgestreckt und ihre Finger gespreizt.

Haar armen waren uitgestrekt en haar vingers gespreid.

Und sie schrie: „Hilfe, um Gottes willen, helft mir!"

En ze riep uit: "Help, in godsnaam, iemand moet helpen!"

Sie neigte den Kopf; sie wollte Gregor besser sehen.

Ze kantelde haar hoofd; ze wilde Gregor beter kunnen zien.

Doch im Gegensatz zu ihrer ersten Handlung rannte sie zurück.

Maar in tegenstelling tot haar eerste actie rende ze terug.

Sie hatte vergessen, dass der Tisch hinter ihr gedeckt war.

Ze was vergeten dat de tafel achter haar gedekt stond.

Alle Speisen fürs Frühstück standen noch auf dem Tisch.

Alles wat we voor het ontbijt nodig hadden, stond nog op tafel.

Sie setzte sich hastig auf den Tisch, als sei sie abgelenkt.

Ze ging haastig op tafel zitten, alsof ze afgeleid was.

Und sie schien den verschütteten Kaffee nicht zu bemerken.

En ze leek de gemorste koffie niet op te merken.

Der Kaffee, der inzwischen in den Teppich eingezogen war.

De koffie was nu in het tapijt getrokken.

„Mutter, Mutter", sagte Gregor leise und blickte zu ihr auf.

"Moeder, moeder," zei Gregor zachtjes, terwijl hij naar haar opkeek.

Im Moment war ihm der Manager nicht wichtig.

Op dat moment was de manager niet belangrijk voor hem.

Aber da war auch noch der Kaffee, der auf den Teppich tropfte.

Maar er was ook nog de koffie die op het tapijt was gedruppeld.

Gregor konnte nicht widerstehen und schnappte nach dem Kaffee.

Gregor kon het niet laten om zijn kaken naar de koffie te klappen.

Die Mutter fing wegen seines Verhaltens wieder an zu weinen.

De moeder begon opnieuw te huilen vanwege zijn gedrag.

Sie sprang vom Tisch, um Abstand von ihm zu gewinnen.

Ze sprong van de tafel om afstand van hem te nemen.

Und sie rannte in die Arme ihres Vaters, um Schutz zu suchen.

En ze rende in de armen van haar vader, op zoek naar veiligheid.

Doch Gregor hatte jetzt keine Zeit mehr für seine Eltern.

Maar Gregor had nu geen tijd meer over voor zijn ouders.

Der zuständige Beamte befand sich bereits auf der Treppe.

De bevoegde functionaris bevond zich al op de trap.

Er hatte sein Kinn auf dem Geländer, um ins Haus zu schauen.

Hij had zijn kin op de reling laten rusten om naar binnen te kunnen kijken.

Offenbar wollte er sich das Spektakel noch ein letztes Mal ansehen.

Blijkbaar wilde hij nog een laatste blik op het schouwspel werpen.

Und Gregor unternahm einen letzten Versuch, den Manager zu erreichen.

En Gregor deed nog een laatste poging om de manager te bereiken.

Er rannte so sicher wie möglich zur Tür.

Hij rende zo veilig mogelijk naar de deur.

Aber der Hauptsekretär muss etwas geahnt haben.

Maar de hoofdsecretaris moet iets hebben vermoed.

Denn er sprang mehrere Stufen hinunter und verschwand.

Omdat hij een aantal treden naar beneden sprong en verdween.

"Huh!", rief Gregor, und sein Ruf hallte durch das Treppenhaus.

"Hè!" riep Gregor, zijn stem galmde door het trappenhuis.

Die Flucht des Managers schien auch seinen Vater zu verwirren.

Ook zijn vader leek in verwarring te zijn over de ontsnapping van de manager.

Bis dahin war es ihm gelungen, recht gefasst zu bleiben.

Tot dan toe was hij erin geslaagd om tamelijk kalm te blijven.

Doch leider verlor auch er die Fassung, die er zuvor besessen hatte.

Maar helaas verloor ook hij zijn zelfbeheersing.

Er hätte Gregor bei seinem Vorhaben helfen sollen.

Wat hij had moeten doen, is Gregor helpen bij zijn zoektocht.

Doch er packte den Gehstock des Managers mit einer Hand.

Maar hij greep met één hand de wandelstok van de manager vast.

In seiner anderen Hand hielt er nun eine Zeitung.

En in zijn andere hand hield hij nu een krant vast.

Und nun behinderte er Gregor direkt bei seinem Vorhaben.

En nu belemmerde hij Gregor rechtstreeks in zijn streven.

Er hatte sich zwischen Gregor und die Straße gestellt.

Hij had zich tussen Gregor en de straat geplaatst.

Er stampfte mit den Füßen auf und fuchtelte mit dem Stock und der Zeitung herum.

Hij stampte met zijn voeten en zwaaide met de stok en de krant.

Und er zwang Gregor aktiv zurück in sein Zimmer.

En hij dwong Gregor met alle middelen terug naar zijn kamer.
Keine der Bitten, die Gregor äußerte, half.
Geen van de verzoeken die Gregor deed, hielp.
Weil keines seiner Anliegen verstanden wurde.
Omdat geen van zijn verzoeken werd begrepen.
Er wandte den Kopf in eine tiefere, demütigere Haltung.
Hij draaide zijn hoofd in een diepere, meer bescheiden hoek.
Doch sein Vater antwortete, indem er noch heftiger mit den Füßen aufstampfte.
Maar zijn vader antwoordde door nog harder met zijn voeten te stampen.
Die Mutter öffnete trotz des kühlen Wetters ein Fenster.
De moeder opende een raam, ondanks het koele weer.
Und sie presste ihr Gesicht in die Hände vor Kälte.
En ze drukte haar gezicht in haar handen tegen de kou.
Der Wind konnte nun durch die gesamte Wohnung strömen.
De wind kon nu door het hele appartement waaien.
Ein starker Luftzug wehte vom Treppenhaus in die Gasse.
Een stevige tocht blies vanuit de trap naar het steegje.
Die Vorhänge wurden vom starken Wind hin und her bewegt.
De gordijnen wapperden heen en weer door de harde wind.
Und die Zeitung auf dem Tisch raschelte im Wind.
En de krant op tafel ritselde in de wind.
Sogar einige Blätter wurden von draußen ins Haus geweht.
Er waren zelfs bladeren van buiten naar binnen gewaaid.
Der Vater stampfte mit den Füßen und schob unerbittlich.
De vader stampte met zijn voeten en duwde onophoudelijk.
Und er zischte und gab Geräusche von sich, wie es ein Wilder tun würde.
En hij siste en maakte geluiden zoals een wild man dat zou doen.
Gregor hatte das Rückwärtsgehen aber noch nicht geübt.
Maar Gregor had nog niet geoefend met achteruitlopen.
Selbst Gregor würde zugeben, dass diese Bewegung wesentlich langsamer vonstatten ging.

Zelfs Gregor zou toegeven dat deze beweging veel langzamer was.

Doch alles, was er wollte, war die Gelegenheit, umzukehren.

Het enige wat hij wilde, was de kans om zich om te draaien.

Dann wäre er sofort in sein Zimmer gegangen.

Dan zou hij meteen naar zijn kamer zijn gegaan.

Aber er hatte zu große Angst, seinen Vater ungeduldig zu machen.

Maar hij was te bang om zijn vader ongeduldig te maken.

Und es bestand die Drohung mit einem Schlag mit dem Stock.

En er was de dreiging van een klap met de stok.

Ein solcher Schlag auf den Hinterkopf könnte tödlich sein.

Een dergelijke klap tegen het achterhoofd kan fataal zijn.

Am Ende blieb Gregor jedoch keine andere Wahl.

Maar uiteindelijk had Gregor geen andere keuze.

Ihm wurde klar, dass er nicht einmal mehr geradeaus rückwärts gehen konnte.

Hij besefte dat hij zelfs niet meer recht achteruit kon lopen.

Er begann sich so schnell wie möglich umzudrehen.

Hij begon zich zo snel mogelijk om te draaien.

Doch in Wirklichkeit war diese Drehbewegung genauso langsam.

Maar in werkelijkheid was deze draaibeweging net zo traag.

Und ihm folgten die besorgten Blicke des Vaters.

En hij werd gevolgd door de bezorgde blikken van zijn vader.

Vielleicht bemerkte der Vater Gregors gute Absichten.

Wellicht merkte de vader Gregors goede bedoelingen op.

Weil er ihn nicht daran hinderte, sich umzudrehen.

Omdat hij hem niet belette zich om te draaien.

Er benutzte sogar die Spitze seines Stocks, um die Drehung zu steuern.

Hij gebruikte zelfs de punt van zijn stok om de rotatie te sturen.

Gregor wünschte sich aber dennoch, sein Vater hätte ihn nicht angefaucht!

Maar Gregor vond het nog steeds jammer dat zijn vader zo tegen hem had gesisd!

Das Zischen trug nur noch zur Verwirrung des Augenblicks bei.

Het gesis vergrootte de verwarring van het moment alleen maar.

Und dann unterlief ihm ein Fehler, und er bog in die falsche Richtung ab.

En toen maakte hij een fout en sloeg de verkeerde kant op.

Am Ende gelang es ihm schließlich doch, den richtigen Weg einzuschlagen.

Uiteindelijk lukte het hem toch om de goede kant op te kijken.

Und er war zufrieden mit den Fortschritten, die er gemacht hatte.

En hij was tevreden met de vooruitgang die hij had geboekt.

Doch dann trat das nächste Problem noch deutlicher zutage.

Maar toen werd het volgende probleem nog duidelijker.

Sein Körper war zu breit, um problemlos durch die Tür zu passen.

Zijn lichaam was te breed om gemakkelijk door de deur te passen.

In seinem jetzigen Zustand bemerkte der Vater dies nicht.

In zijn huidige toestand merkte de vader dit niet op.

Deshalb kam es ihm nicht in den Sinn, die Tür weiter zu öffnen.

Het kwam dus niet in hem op om de deur verder open te doen.

Dann wäre genügend Platz für Gregor gewesen.

Dan was er voldoende ruimte geweest voor Gregor.

Seine einzige Priorität war es, Gregor in sein Zimmer zu bringen.

Zijn enige prioriteit was om Gregor naar zijn kamer te krijgen.

Er hätte aufstehen müssen, um durch die Tür zu passen.

Hij had moeten opstaan om door de deur te passen.

Der Vater hätte ein solches Manöver jedoch nicht zugelassen.

Maar de vader zou zo'n manoeuvre niet hebben toegestaan.

Tatsächlich fauchte er ihn noch heftiger an als zuvor.
Sterker nog, hij siste hem nu nog wilder toe dan voorheen.
Es klang nach mehr als nur einem Mann, der ihn anzischt.
Het klonk alsof er meer dan één man naar hem siste.
**Seine Forderungen schienen nun an Dringlichkeit
gewonnen zu haben.**
Zijn eisen leken ineens een nieuwe urgentie te hebben.
Für Spielereien war jetzt wirklich keine Zeit mehr.
Er was nu echt geen tijd meer om te treuzelen.
**Was auch immer geschah, Gregor musste durch die Tür
gelangen.**
Wat er ook gebeurde, Gregor moest door de deur heen.
**Er kämpfte sich ohne jegliche Rücksicht auf sich selbst
durch.**
Hij zette door zonder enige zelfachting.
**Durch die Bewegung wurde eine Seite seines Körpers nach
oben gedrückt.**
Door de beweging werd één kant van zijn lichaam
omhooggedrukt.
Und er lag unbeholfen und schief zwischen den Türrahmen.
En hij lag onhandig en krom in de deuropening.
Eine seiner Flanken war am Holz wundgescheuert.
Een van zijn flanken was opengeschaafd tegen het hout.
**Und er hatte hässliche Flecken auf der weiß gestrichenen
Tür hinterlassen.**
En hij had lelijke vlekken achtergelaten op de witgeschilderde
deur.
**Auf einer Seite seines Körpers hingen die Beine zitternd in
der Luft.**
De benen aan een van zijn zijden hingen trillend in de lucht.
**Seine anderen Beine drückten schmerzhaft gegen den
Boden.**
Zijn andere been zat pijnlijk tegen de vloer gedrukt.
**Bald würde er vollständig zwischen den Türen eingeklemmt
sein.**
Hij zou al snel volledig klem komen te zitten tussen de deur.

**Und dann hätte er sich überhaupt nicht mehr bewegen
können.**

En dan had hij zich helemaal niet meer kunnen bewegen.

**Doch der Vater gab ihm einen wahrhaft befreienden,
starken Anstoß.**

Maar zijn vader gaf hem een werkelijk bevrijdende, krachtige
duw.

Und er stürzte, stark blutend, tief in sein Zimmer hinein.

En hij viel, hevig bloedend, diep zijn kamer in.

Der Vater knallte die Tür hinter sich mit seinem Stock zu.

De vader sloeg de deur met zijn stok achter zich dicht.

Und dann kehrte endlich wieder Ruhe ein.

En toen keerde eindelijk weer wat rust en stilte terug.

Teil Zwei
Deel twee

Gregor wachte erst viel später am Tag auf.
Gregor werd pas veel later op de dag wakker.
Die Dämmerung war hereingebrochen; er hatte tief und fest geschlafen.
De schemering was gevallen; hij had diep en onbewust geslapen.
Er wäre auch ohne Störung aufgewacht.
Hij zou ook zonder verstoring wakker zijn geworden.
Denn er fühlte sich ausreichend ausgeruht und gut geschlafen.
Omdat hij zich voldoende uitgerust en goed geslapen voelde.
Aber er glaubte, draußen flüchtige Schritte zu hören.
Maar hij meende wat voetstappen buiten te horen.
Und vielleicht hat jemand die Haustür sorgfältig geschlossen.
En misschien heeft iemand de voordeur zorgvuldig gesloten.
Das Licht der elektrischen Straßenbahn lag blass an der Decke.
Het zwakke licht van de elektrische tram viel op het plafond.
Auch die Oberseite der Möbel wurde ein wenig beleuchtet.
Ook de bovenkant van het meubelstuk ving een beetje licht op.
Doch unten am Boden, auf Gregors Höhe, war es dunkel.
Maar beneden, op de grond, op Gregors niveau, was het donker.
Seine Beine schoben ihn langsam wieder in Richtung Tür.
Zijn benen duwden hem langzaam weer richting de deur.
Er war sehr neugierig, zu sehen, was dort geschehen war.
Hij was erg benieuwd wat daar gebeurd was.
Seine Kontrolle über seine Fühler war jedoch noch nicht entwickelt.
Maar hij kon zijn tastzin nog niet goed beheersen.
Obwohl er diese neuen Sensoren allmählich zu schätzen begann.

Hoewel hij deze nieuwe sensoren steeds meer begon te waarderen.

Eine lange, unansehnliche Narbe schien seine linke Seite hinunterzulaufen.

Een lang, onaangenaam litteken liep over zijn linkerzij.

Die Narbe fühlte sich an, als würde sie diese Seite seines Körpers einengen.

Het litteken voelde alsof het die kant van zijn lichaam strakker maakte.

Und so musste er buchstäblich auf seinen zwei Beinreihen humpeln.

En zo moest hij letterlijk mank lopen op zijn twee rijen benen.

Eines seiner Beine war an diesem Morgen schwer verletzt worden.

Een van zijn benen was die ochtend ernstig gewond geraakt.

Es war wirklich ein Wunder, dass er sich nicht noch mehr Beine gebrochen hatte.

Het was werkelijk een wonder dat hij niet meer benen had gebroken.

Und so schleppte er sein verletztes Bein leblos hinter sich her.

En zo sleepte hij zijn gewonde been levenloos achter zich aan.

Als er die Tür erreichte, erkannte er etwas Tiefgreifendes.

Toen hij bij de deur aankwam, besefte hij iets heel ingrijpends.

Es war der Geruch von etwas, der ihn dorthin gelockt hatte.

Het was de geur van iets dat hem daarheen had gelokt.

In Gregors Zimmer war etwas Essbares für ihn hinterlassen worden.

Er was iets eetbaars voor Gregor in zijn kamer achtergelaten.

Stückchen Weißbrot schwimmen in einer Schüssel mit süßer Milch.

Stukjes witbrood drijven in een kom zoete melk.

Er konnte seine innere Freude kaum verbergen.

Hij kon zijn innerlijke vreugde nauwelijks bedwingen.

Er war jetzt noch hungriger als am Morgen.

Hij had nu nog meer honger dan 's ochtends.

Er tauchte sofort seinen Kopf in die Schüssel mit Milch.

Hij doopte onmiddellijk zijn hoofd in de kom met melk.

Die Milch quoll ihm fast über den ganzen Kopf, bis zu den Augen.

De melk kwam bijna helemaal uit zijn hoofd, tot aan zijn ogen.

Doch schon bald riss er den Kopf zurück, bitter enttäuscht.

Maar al snel trok hij zijn hoofd terug, bitter teleurgesteld.

Das Essen war aufgrund seiner empfindlichen linken Seite schwierig.

Eten was moeilijk vanwege zijn zwakke linkerkant.

Und er konnte nur essen, indem er mit dem ganzen Körper keuchte.

En hij kon alleen eten door met zijn hele lichaam te hijgen.

Das war jedoch nicht der wahre Grund für seine Enttäuschung.

Maar dat was niet de werkelijke reden voor zijn teleurstelling.

Milch war schon immer eines seiner Lieblingsgerichte gewesen.

Melk was altijd al een van zijn favoriete gerechten geweest.

Er hatte keinen Zweifel daran, dass seine Schwester sich daran erinnerte.

Hij twijfelde er niet aan dat zijn zus zich dit herinnerde.

Und das war der Grund, warum sie ihm Milch gegeben hatte.

En dat was de reden waarom ze hem melk had gegeven.

Er konnte nicht erklären, warum er Milch jetzt nicht mehr mochte.

Hij kon niet uitleggen waarom hij nu een afkeer van melk had.

Und er wandte sich fast widerwillig von der Schüssel ab.

En hij wendde zich bijna met tegenzin af van de kom.

Enttäuscht kroch er zurück in die Mitte des Raumes.

Teleurgesteld kroop hij terug naar het midden van de kamer.

Hier konnte er durch den Türspalt hindurchsehen.

Hier kon hij door de kier in de deur kijken.

Er konnte sehen, dass im Wohnzimmer das Feuer brannte.

Hij kon zien dat het vuur in de woonkamer brandde.

Gewöhnlich las der Vater um diese Zeit die Zeitung.

Meestal las de vader op dit tijdstip de krant.

Er las seiner Mutter immer mit erhobener Stimme vor.
Hij las zijn moeder altijd met verheven stem voor.
Manchmal lauschte auch die Schwester dem Vater.
Soms luisterde de zus ook mee met de vader.
Sie hatte Gregor immer von diesem Vorlesen erzählt.
Ze had Gregor altijd verteld over dit hardop lezen.
Doch heute war aus dem Zimmer kein Laut zu hören.
Maar vandaag was er geen geluid uit de kamer te horen.
Vielleicht war diese Gewohnheit bereits in Vergessenheit geraten.
Wellicht was deze gewoonte al in onbruik geraakt.
Eine tiefe Stille hatte sich über die gesamte Wohnung gelegt.
Een diepe stilte had zich over het hele appartement verspreid.
Obwohl er wusste, dass die Wohnung ganz sicher nicht leer war.
Hoewel hij wist dat het appartement zeker niet leeg stond.
„Was für ein ruhiges Leben die Familie doch führte", dachte Gregor.
'Wat een rustig leven leidde die familie,' dacht Gregor.
Und er blickte mit großem Stolz in die Dunkelheit.
En hij staarde vol trots de duisternis in.
Er war stolz auf das Leben, das er ihnen hatte ermöglichen können.
Hij was trots op het leven dat hij hen had kunnen geven.
Er war stolz auf die schöne Wohnung, in der sie lebten.
Hij was trots op het mooie appartement waarin ze woonden.
Doch sollte dieser Frieden nun ein schreckliches Ende nehmen?
Maar stond al deze vrede op het punt een vreselijk einde te kennen?
Würde man ihnen ihren Wohlstand nehmen?
Zou hun welvaart hen worden afgenomen?
War ihre Zufriedenheit nun in Zukunft ungewiss?
Was hun toekomstige tevredenheid nu onzeker?
Doch er wollte sich nicht in solchen Gedanken verlieren.
Maar hij wilde zich niet in zulke gedachten verliezen.

Um sich die Zeit zu vertreiben, kroch er die Wände rauf und runter.

Om zichzelf bezig te houden, kroop hij de muren op en neer.

Im Laufe des langen Abends wurde eine Tür einen Spalt breit geöffnet.

Gedurende de lange avond stond één deur op een kier.

Und zu einem anderen Zeitpunkt öffnete sich die andere Tür einen Spaltbreit.

En op een ander moment ging de andere deur een klein beetje open.

Doch beide Male wurden die Türen schnell wieder geschlossen.

Maar beide keren werden de deuren snel weer gesloten.

Offenbar hatte jemand draußen den Wunsch, hereinzukommen.

Het is duidelijk dat iemand van buitenaf de wens had om binnen te komen.

Aber sie hatten auch zu viele Bedenken, hereinzukommen.

Maar ze hadden ook te veel bedenkingen bij hun komst.

Gregor blieb nun direkt vor der Wohnzimmertür stehen.

Gregor bleef nu pal voor de deur van de woonkamer staan.

Er war fest entschlossen, den zögernden Besucher irgendwie zu verführen.

Hij was vastbesloten om de aarzelende bezoeker op de een of andere manier te verleiden.

Und er wollte auch wissen, wer der Besucher gewesen war.

En hij wilde ook weten wie de bezoeker was geweest.

Doch an diesem Abend wurde die Tür kein drittes Mal geöffnet.

Maar die avond werd de deur geen derde keer geopend.

Und Gregor verbrachte seine Zeit vergeblich damit, an der Tür zu warten.

En Gregor bracht zijn tijd tevergeefs door met wachten bij de deur.

Früher am Tag wollten sie alle in den Raum kommen.

Eerder die dag wilden ze allemaal de kamer in.

**Jetzt, da die Türen unverschlossen waren, würde es ihnen
leichter fallen.**
Nu de deuren open waren, zou het voor hen gemakkelijker
zijn.
**Aber sie entschieden sich dafür, auf der anderen Seite des
Raumes zu bleiben.**
Maar ze kozen ervoor om aan de andere kant van de kamer te
blijven.
**Gregor bemerkte, dass die Schlüssel nicht mehr in ihren
Schlössern steckten.**
Gregor merkte dat de sleutels niet meer in de sloten zaten.
**Jemand muss die Schlüssel zum Außenschloss umgesteckt
haben.**
Iemand moet de sleutels naar het buitenslot hebben verplaatst.
**Erst spät in der Nacht wurde das Licht im Wohnzimmer
ausgeschaltet.**
Pas laat in de avond werd het licht in de woonkamer
uitgedaan.
Die Familie muss die ganze Zeit wach geblieben sein.
Het gezin moet de hele tijd wakker zijn gebleven.
**Und Gregor konnte deutlich hören, wie sie sich auf
Zehenspitzen davonschlichen.**
En Gregor kon duidelijk horen hoe ze op hun tenen
wegslopen.
Nun würde bis zum Morgen niemand zu Gregor kommen.
Niemand zou tot de volgende ochtend naar Gregor komen.
So hatte er lange Zeit für sich, um ungestört nachzudenken.
Hij had dus ruim de tijd voor zichzelf, om ongestoord na te
denken.
Wie könnte man sein Leben jetzt am besten neu ordnen?
Wat zou de beste manier zijn om zijn leven nu opnieuw in te
richten?
Doch die hohen Wände des leeren Zimmers ängstigten ihn.
Maar de hoge muren van de lege kamer boezemden hem
angst in.
**Ihm blieb keine andere Wahl, als sich flach auf den Boden
zu legen.**

Hij had geen andere keus dan zich plat op de grond te laten
vallen.
**Und er fand in diesem Raum niemals die Ursache seiner
Angst.**
En hij vond de oorzaak van zijn angst nooit in die ruimte.
Es war dasselbe Zimmer, in dem er seit fünf Jahren lebte.
Het was dezelfde kamer waar hij al vijf jaar woonde.
Halb bewusst machte er eine Bewegung in Richtung Sofa.
Halfbewust maakte hij een beweging richting de bank.
Und ohne jede Scham versteckte er sich unter dem Sofa.
En zonder enige schaamte verstopte hij zich onder de bank.
Dort unten fühlte er sich sofort wieder sehr wohl.
Daar beneden voelde hij zich meteen weer helemaal op zijn
gemak.
Obwohl sein Rücken etwas gequetscht war.
Ondanks het feit dat zijn rug een beetje bekneld zat.
**Auch unter dem Sofa konnte er seinen Kopf nicht mehr
heben.**
Hij kon zijn hoofd ook niet meer onder de bank uitsteken.
Aber selbst das zog er einem Aufenthalt im Freien vor.
Maar zelfs dat verkoos hij boven een open gebied.
Er bedauerte jedoch, dass sein Körper so breit war.
Hij vond het echter wel jammer dat zijn lichaam zo breed was.
**Das Sofa konnte seinen ganzen Körper nicht vollständig
bedecken.**
De bank kon zijn hele lichaam niet volledig bedekken.
Er blieb die ganze Nacht unter dem Sofa.
Hij bleef de hele nacht onder de bank liggen.
**Die Nacht verbrachte er halb schlafend, geplagt von seinem
Hunger.**
De nacht bracht hij halfslapend door, gestoord door zijn
honger.
**Und die Zeit, die er wach war, verbrachte er entweder in
Sorgen oder in Hoffnung.**
En de tijd dat hij wakker was, bracht hij door met piekeren of
met hoop.

Doch all seine vagen Hoffnungen führten zu demselben Schluss.

Maar al zijn vage hoop leidde tot dezelfde conclusie.

Ihm blieb nichts anderes übrig, als vorerst zu schweigen.

Hij had geen andere keus dan voorlopig te zwijgen.

Er musste der Familie gegenüber Geduld und Rücksichtnahme zeigen.

Hij moest geduld en begrip tonen voor het gezin.

Es war die einzige Möglichkeit, die Unannehmlichkeiten erträglich zu machen.

Het was de enige manier om het ongemak draaglijk te maken.

Die Unannehmlichkeiten, die er nun der Familie auferlegte.

Het ongemak dat hij het gezin nu oplegde.

Er musste nicht lange warten, um sein Mitgefühl unter Beweis zu stellen.

Hij hoefde niet lang te wachten om zijn medeleven te bewijzen.

Früh am Morgen schaute die Schwester in sein Zimmer.

's Ochtends vroeg keek de zus in zijn kamer.

Obwohl es eigentlich genauso viel Nacht wie Morgen war.

Hoewel het in werkelijkheid net zo goed nacht als ochtend was.

Sie war vollständig angezogen und schien aufgeregt zu sein.

Ze was volledig aangekleed en leek opgewonden.

Die Tragfähigkeit seiner neu getroffenen Entscheidung könnte sich bewähren.

De geldigheid van zijn nieuwe beslissing zou op de proef gesteld kunnen worden.

Sie entdeckte ihn nicht sofort auf Anhieb.

Ze zag hem niet meteen bij de eerste blik.

Er musste irgendwo sein; weggeflogen konnte er nicht sein.

Hij moest ergens zijn; hij kon niet weggevlogen zijn.

Doch dann schweifte ihr Blick ein zweites Mal durch den Raum.

Maar toen liet ze haar blik nog een keer over de kamer glijden.

Und dieses Mal entdeckte sie seinen Oberkörper unter dem Sofa.

En dit keer zag ze zijn torso onder de bank.
Sie war so verängstigt, dass sie jegliche Selbstbeherrschung verlor.
Ze was zo bang dat ze alle zelfbeheersing verloor.
Und ihre erste Reaktion war, die Tür wieder zuzuschlagen.
Haar eerste reactie was om de deur weer dicht te slaan.
Doch sie schien ihr Verhalten auch sofort zu bereuen.
Maar ze leek ook meteen spijt te hebben van haar gedrag.
Kaum hatte sie die Tür zugeschlagen, öffnete sie sie auch schon wieder.
Zodra ze de deur had dichtgeslagen, opende ze die meteen weer.
Und diesmal schlich sie sich leise auf Zehenspitzen in den Raum.
En dit keer sloop ze voorzichtig de kamer binnen.
Sie bewegte sich, als ob sie eine schwerkranke Person besuchen würde.
Ze bewoog zich alsof ze een ernstig zieke bezocht.
Oder sie könnte einen völlig Fremden besucht haben.
Of ze was misschien op bezoek bij een volstrekt onbekende.
Gregor drückte seinen Kopf fast bis an den Rand des Sofas.
Gregor drukte zijn hoofd bijna tegen de rand van de bank.
Und von unterhalb des Tresors beobachtete er sie im Zimmer.
En vanonder de kluis hield hij haar in de kamer in de gaten.
Würde sie bemerken, dass er die Milch stehen gelassen hatte?
Zou ze merken dat hij de melk had laten staan?
Er hatte die Milch nicht etwa aus Mangel an Hunger stehen gelassen.
Hij had de melk niet laten staan omdat hij geen honger had.
Wollte sie ihm stattdessen anderes Essen bringen?
Zou ze hem in plaats daarvan ander eten brengen?
Vielleicht ein Gericht, das seinen Vorlieben besser entsprach.
Misschien een gerecht dat beter bij zijn voorkeuren paste.
Aber sie hätte seinen Appetit selbst bemerken müssen.

Maar ze had zijn eetlust zelf moeten opmerken.
Er wäre lieber verhungert, als sie davon erfahren zu lassen.
Hij had liever verhongerd dan haar erachter te laten komen.
Eigentlich hätte er es ihr sehr gerne gesagt.
Eigenlijk had hij het haar heel graag willen vertellen.
Er war wirklich versucht, unter dem Sofa hervorzuschießen.
Hij had echt de neiging om onder de bank vandaan te
schieten.
Er wollte sich seiner Schwester zu Füßen werfen.
Hij wilde zich aan de voeten van zijn zus neerwerpen.
Und er wollte sie um etwas Leckeres zu essen bitten.
En hij wilde haar vragen of ze iets lekkers te eten wilde.
Doch dann blickte die Schwester zu der Schüssel mit Milch.
Maar toen keek de zus naar de kom met melk.
Sie bemerkte sofort, dass die Schüssel noch voll war.
Ze merkte meteen dat de kom nog vol was.
**Sie war ziemlich überrascht, dass Gregor nichts gegessen
hatte.**
Ze was nogal verbaasd dat Gregor niets gegeten had.
Nur ein wenig Milch war auf den Boden verschüttet worden.
Er was slechts een klein beetje melk op de vloer gemorst.
Sie nahm sofort die Schüssel und trug sie hinaus.
Ze pakte de kom meteen op en droeg hem naar buiten.
**Er sah, dass sie die Schüssel nicht mit bloßen Händen
aufgehoben hatte.**
Hij zag dat ze de kom niet met haar blote handen oppakte.
Stattdessen hob sie die Schüssel mit einem der Lappen hoch.
In plaats daarvan pakte ze de kom op met een van de doeken.
Gregor vergaß dieses kleine Detail jedoch sehr schnell.
Maar Gregor vergat dit kleine detail al snel.
Er war nun von etwas ganz anderem viel begeisterter.
Hij was nu veel enthousiaster over iets anders.
Was könnte sie als Ersatz für die Milch mitbringen?
Wat zou ze in plaats van de melk kunnen meenemen?
**Er hatte verschiedene Vermutungen darüber, was sie wohl
mitbringen könnte.**
Hij had allerlei ideeën over wat ze zou kunnen meebrengen.

Doch die Güte seiner Schwester übertraf seine Erwartungen.
Maar de vriendelijkheid van zijn zus overtrof zijn verwachtingen.
Ihr wurde klar, dass sie herausfinden musste, was seine neuen Vorlieben waren.
Ze besefte dat ze moest uitproberen wat zijn nieuwe smaak was.
Deshalb brachte sie eine ganze Auswahl an verschiedenen Speisen mit.
Ze bracht dus een hele reeks verschillende soorten eten mee.
Halbverfaultes Gemüse, Knochen vom Abendessen.
Halfverrotte groenten, botten van de avondmaaltijd.
Die eingedickte Soße von der anderen Mahlzeit, die sie gegessen hatten.
Gestolde saus van de andere maaltijd die ze hadden gegeten.
Ein paar Rosinen, einige Mandeln, trockenes Brot, Butterbrot.
Een paar rozijnen, wat amandelen, droog brood, boterbrood.
Etwas Brot, das mit Butter bestrichen und gesalzen war.
Een stuk brood dat met boter en zout was besmeerd.
Käse, den Gregor vor zwei Tagen noch für ungenießbar erklärt hatte.
Kaas die Gregor twee dagen geleden oneetbaar had verklaard.
Die gesamte Auswahl an Speisen wurde auf einer Zeitung ausgelegt.
Al deze voedselproducten werden op een krant uitgestald.
Und sie stellte auch eine Schüssel mit Wasser neben seine Mahlzeiten.
En ze zette ook een kom water naast zijn maaltijden.
Sie wusste, dass Gregor nicht vor ihr gegessen hätte.
Ze wist dat Gregor niet in haar bijzijn zou eten.
Aus Respekt vor ihm verließ sie deshalb wieder den Raum.
Uit respect voor hem verliet ze de kamer dus weer.
Und sie hat beim Weggehen sogar den Schlüssel im Schloss umgedreht.
En ze draaide zelfs de sleutel in het slot om toen ze wegging.
Aber sie drehte den Schlüssel ganz leise und vorsichtig um.

Maar ze draaide de sleutel heel stil en voorzichtig om.

Auf diese Weise würde nur Gregor wissen, dass die Tür verschlossen war.

Op deze manier zou alleen Gregor weten dat de deur op slot zat.

Nun konnte er es sich so bequem machen, wie er wollte.

Nu kon hij het zich zo comfortabel maken als hij wilde.

Gregors Beine surrten, als es Zeit zum Essen war.

Gregors benen zoemden in het rond toen het tijd was om te eten.

Bemerkenswert ist, dass er keinerlei Beschwerden mehr verspürte.

Het is vermeldenswaard dat hij geen ongemak meer ondervond.

Seine Wunden müssen bereits vollständig verheilt sein.

Zijn wonden moeten inmiddels al volledig genezen zijn.

Weil er seine früheren Behinderungen nicht mehr spürte.

Omdat hij zijn eerdere beperkingen niet meer voelde.

Seine neue Fähigkeit zu heilen überraschte und verblüffte ihn.

Zijn nieuwe vermogen om te genezen verraste en verbaasde hem.

Vor mehr als einem Monat schnitt er sich mit einem Messer in den Finger.

Ruim een maand geleden sneed hij zich met een mes in zijn vinger.

Bis vor zwei Tagen schmerzte ihn diese Wunde noch.

Tot twee dagen geleden deed die wond hem nog steeds pijn.

„Bin ich jetzt viel weniger empfindlich?", dachte er bei sich.

'Ben ik nu veel minder gevoelig?' dacht hij bij zichzelf.

Inzwischen lutschte er gierig an dem Käse.

Inmiddels zoog hij al gretig aan de kaas.

Er fühlte sich vom Käse mehr angezogen als von den anderen Speisen.

Hij voelde zich meer aangetrokken tot de kaas dan tot de andere gerechten.

Er aß schnell ein Stück Käse nach dem anderen.

Hij at snel het ene stuk kaas na het andere op.

Beim Genuss des Geschmacks traten ihm vor Zufriedenheit die Tränen in die Augen.

Zijn ogen vulden zich met tranen van genot bij de smaak ervan.

Nach dem Käse aß er das Gemüse und die Soße.

Na de kaas at hij de groenten en de saus.

Das frische Essen schmeckte ihm jedoch nicht.

Het verse voedsel smaakte hem echter niet goed.

Tatsächlich konnte er nicht einmal den Geruch von frischen Lebensmitteln ertragen.

Hij kon zelfs de geur van vers voedsel niet verdragen.

Er hat sogar die anderen Lebensmittel von den frischen Lebensmitteln weggezerrt.

Hij sleepte zelfs het andere eten weg van het verse eten.

Und im Nu hatte er auch noch das Essbare aufgegessen.

En al snel had hij het lekkerste eten op.

Das ganze leckere Essen hatte eine schläfrig machende Wirkung auf ihn.

Al dat heerlijke eten had een verdovend effect op hem.

Und er lag träge an der Stelle, wo er gegessen hatte.

En hij lag loom op de plek waar hij gegeten had.

Schließlich kam seine Schwester zurück, um noch einmal nach ihm zu sehen.

Uiteindelijk kwam zijn zus weer even kijken hoe het met hem ging.

Sie hatte die Weitsicht, den Schlüssel ganz langsam umzudrehen.

Ze had de vooruitziende blik om de sleutel heel langzaam om te draaien.

Dies war für Gregor ein Warnsignal, sich zurückzuziehen.

Dit gaf Gregor de waarschuwing dat hij zich moest terugtrekken.

Benommen und erschrocken huschte er zurück unter das Sofa.

Verward en geschrokken kroop hij snel terug onder de bank.

Doch diesmal war es nicht so einfach, unter dem Sofa zu bleiben.

Maar onder de bank blijven was dit keer niet zo makkelijk.

Sein Körper war durch das viele Essen etwas runder geworden.

Zijn lichaam was door al het eten wat ronder geworden.

Und er musste sich beherrschen, nicht wieder auszulaufen.

En hij moest zich inhouden om niet weer naar buiten te rennen.

Auch wenn die Schwester nicht lange im Zimmer blieb.

Hoewel de zus niet lang in de kamer bleef.

In dem engen Raum rang er nach Luft.

Hij had moeite met ademhalen in die krappe ruimte.

Doch er überwand die kurzen Anfälle von Atemnot.

Maar hij doorstond de korte momenten van verstikking.

Mit aufgerissenen Augen beobachtete er die Aktivitäten der Schwester.

Met wijd opengesperde ogen observeerde hij de bezigheden van zijn zus.

Die ahnungslose Schwester schüttete alles in einen Eimer.

De nietsvermoedende zus goot alles in een emmer.

Sie entsorgte nicht nur das Essen, das Gregor nicht gegessen hatte.

Ze gooide niet alleen het eten weg dat Gregor niet had opgegeten.

Aber sie entsorgte auch das Essen, das er nicht angerührt hatte.

Maar ze gooide ook het eten weg dat hij niet had aangeraakt.

Offenbar war dieses Essen nun für niemanden mehr genießbar.

Blijkbaar was dat voedsel nu voor niemand meer eetbaar.

Anschließend verschloss sie den Futtereimer mit einem Holzdeckel.

Vervolgens sloot ze de emmer met voedsel af met een houten deksel.

Und mit dem Essen, dem Eimer und dem Wischmopp ging sie.

En met het eten, de emmer en de dweil vertrok ze.
Gregor hätte nicht mehr lange warten können.
Gregor had niet veel langer kunnen wachten.
Sobald sie weg war, entkam er unter dem Sofa hervor.
Zodra ze weg was, glipte hij onder de bank vandaan.
Und er streckte sich aus und atmete erleichtert auf.
En hij strekte zich uit en haalde opgelucht adem.
So erhielt Gregor von nun an regelmäßig seine Nahrung.
Zo kwam Gregor zo nu en dan aan voedsel.
Seine Schwester gab ihm einmal früh am Morgen etwas zu essen.
Zijn zus gaf hem 's ochtends vroeg een keer wat te eten.
Zu dieser Stunde schliefen die Eltern und das Dienstmädchen noch.
Op dat uur sliepen de ouders en de dienstmeid nog.
Und er erhielt eine zweite Mahlzeit, nachdem alle anderen bereits zu Mittag gegessen hatten.
En hij kreeg een tweede maaltijd nadat iedereen had geluncht.
Denn zu dieser Zeit schliefen die Eltern auch eine Weile.
Omdat de ouders op dat moment ook even sliepen.
Und das Dienstmädchen wurde von der Schwester mit einer Besorgung weggeschickt.
En de dienstmeid werd door de zus op een boodschap gestuurd.
Sie hatten ganz sicher nicht die Absicht, Gregor verhungern zu lassen.
Ze waren absoluut niet van plan Gregor te laten verhongeren.
Aber sie hätten ihm auch nicht beim Essen zusehen wollen.
Maar ze zouden hem ook niet graag hebben zien eten.
Die Angaben der Schwester reichten als Information aus.
Wat de zus vertelde, was voldoende informatie.
Vielleicht war es ihre Art, den Eltern den Kummer zu ersparen.
Misschien wilde ze de ouders op die manier verdriet besparen.
Sie hatten unter seinen Taten schon genug gelitten.
Ze hadden al genoeg geleden onder zijn daden.

**Der erste Tag verblasste langsam zu einer fernen
Erinnerung.**
De eerste dag werd langzaam een vage herinnering.
**Gregor hatte keine Möglichkeit zu erfahren, was an diesem
Tag geschah.**
Gregor had geen idee wat er die dag gebeurd was.
**Wie wurde der Schlüsseldienstmitarbeiter aus der Wohnung
geleitet?**
Hoe werd de slotenmaker uit het appartement geleid?
Mit welchen Ausreden war der Arzt schließlich zufrieden?
Met welke excuses was de dokter uiteindelijk tevreden?
Er hatte keinen Weg gefunden, sich verständlich zu machen.
Hij had geen manier gevonden om zich verstaanbaar te
maken.
**Es gelang ihm nicht einmal, mit seiner Schwester zu
kommunizieren.**
Hij slaagde er zelfs niet in om met zijn zus te communiceren.
Und so dachten sie, er könne sie nicht verstehen.
En daarom dachten ze dat hij hen niet kon verstaan.
**Und deshalb wurde auch kein Versuch unternommen, mit
ihm zu sprechen.**
En daarom werd er geen poging gedaan om met hem te
spreken.
**Seine Schwester kam jeden Morgen und jeden Mittag in
sein Zimmer.**
Zijn zus kwam elke ochtend en elke middag zijn kamer
binnen.
Doch er musste sich damit begnügen, ihre Seufzer zu hören.
Maar hij moest zich tevredenstellen met het horen van haar
zuchten.
**Später gewöhnte sie sich dann doch etwas mehr an Gregors
Gestalt.**
Later raakte ze wel wat meer gewend aan Gregors houding.
**Und sie fühlte sich etwas freier, weitere Bemerkungen zu
machen.**
En ze voelde zich iets vrijer om meer opmerkingen te maken.

(Obwohl sie sich nie ganz an ihn gewöhnen würde.)
(Hoewel ze nooit helemaal aan hem zou wennen.)
**Und dann fühlte sich Gregor wieder etwas mehr
angesprochen.**
En toen voelde Gregor zich weer wat meer aangesproken.
**Und er nahm wahr, was er als freundliche Kommentare
empfand.**
En hij ving opmerkingen op die hij als vriendelijk
beschouwde.
**„Ihm hat das Essen heute geschmeckt" oder „Er hat alles
aufgegessen".**
"Hij heeft vandaag van zijn eten genoten," of "hij heeft alles
opgegeten."
**Das war aber erst der Fall, nachdem er sein gesamtes Essen
aufgegessen hatte.**
Maar dat was pas nadat hij al zijn eten had opgegeten.
Doch in letzter Zeit kam dies immer seltener vor.
Maar de laatste tijd kwam dit steeds minder vaak voor.
**„Er hat sein Essen kaum angerührt", sagte sie jetzt immer
öfter.**
"Hij raakte zijn eten nauwelijks aan," zei ze nu vaker.
**Und jedes Mal schwang ein Hauch von Traurigkeit in ihrer
Stimme mit.**
En elke keer klonk er een vleugje verdriet in haar stem.
**Gregor konnte keine anderen Nachrichten direkter
empfangen.**
Gregor kon geen ander nieuws zo direct horen.
**Aber er hörte viele Neuigkeiten aus den angrenzenden
Zimmern mit.**
Maar hij ving wel veel nieuws op uit de aangrenzende kamers.
Als er Stimmen hörte, rannte er zur entsprechenden Tür.
Toen hij stemmen hoorde, rende hij naar de bijbehorende
deur.
**Und er presste seinen ganzen Körper gegen die Tür, um zu
hören.**
En hij drukte zich met zijn hele lichaam tegen de deur om te
kunnen horen.

Alle Gespräche drehten sich in irgendeiner Weise um ihn.
Alle gesprekken gingen op de een of andere manier over hem.
Selbst wenn es scheinbar um etwas ganz anderes ging.
Zelfs wanneer het onderwerp ogenschijnlijk over iets anders ging.
Diese Beobachtung traf insbesondere in der Anfangszeit zu.
Deze constatering gold met name in de beginperiode.
Bei jeder Mahlzeit wiederholten sie die gleiche Diskussion.
Tijdens elke maaltijd herhaalden ze hetzelfde gesprek.
Sie waren sich noch immer unsicher, wie sie sich ihm gegenüber verhalten sollten.
Ze wisten nog steeds niet goed hoe ze zich rondom hem moesten gedragen.
Das gleiche Thema wurde aber auch zwischen den Mahlzeiten besprochen.
Maar hetzelfde onderwerp werd ook tussen de maaltijden door besproken.
Weil immer zwei Familienmitglieder zu Hause waren.
Omdat er altijd twee gezinsleden thuis waren.
Niemand wollte allein im Haus bleiben.
Niemand wilde alleen in huis blijven.
Aber die Wohnung leer stehen zu lassen, kam auch nicht in Frage.
Maar het was ook uitgesloten om het appartement leeg te laten staan.
Das Dienstmädchen war die Einzige, die nicht an die Wohnung gebunden war.
De dienstmeid was de enige die niet aan het appartement gebonden was.
Sie hatte bereits am ersten Tag darum gebeten, gehen zu dürfen.
Ze had al op de eerste dag gevraagd om te mogen vertrekken.
Sie kniete nieder und flehte darum, entlassen zu werden.
Ze knielde neer en smeekte om ontslagen te worden.
Die Familie wusste nicht, wie viel das Dienstmädchen tatsächlich wusste.
De familie wist niet hoeveel de dienstmeid eigenlijk wist.

Zu diesem Zeitpunkt hatte sie nicht mehr gesehen als alle anderen.

Op dat moment had ze nog niet meer gezien dan wie dan ook.

Was geschehen war, blieb der Familie weiterhin ein Rätsel.

Wat er precies gebeurd was, bleef voor de familie een raadsel.

Doch eine Viertelstunde später verabschiedete sie sich.

Maar een kwartier later nam ze afscheid.

Und sie dankte der Familie mit Tränen in den Augen.

En ze bedankte de familie met tranen in haar ogen.

Aber eigentlich dankte sie ihnen dafür, dass sie sie freigelassen hatten.

Maar eigenlijk bedankte ze hen dat ze haar hadden vrijgelaten.

Sie schienen ihr größte Freundlichkeit entgegengebracht zu haben.

Ze leken haar buitengewoon vriendelijk te zijn geweest.

Sie leistete sogar einen Eid, ohne dazu aufgefordert worden zu sein.

Ze legde zelfs een eed af, zonder dat haar daarom gevraagd werd.

Sie sagte, sie würde niemandem erzählen, was passiert war.

Ze zei dat ze niemand zou vertellen wat er was gebeurd.

Nun musste die Schwester zusammen mit ihrer Mutter kochen.

Nu moest de zus samen met haar moeder koken.

Das war aber keine allzu große Unannehmlichkeit.

Maar dit was eigenlijk niet zo'n groot ongemak.

Weil die beiden sowieso fast nichts aßen.

Omdat ze allebei toch bijna niets aten.

Immer und immer wieder hörte Gregor dasselbe Gespräch mit.

Steeds weer ving Gregor hetzelfde gesprek op.

Einer der beiden sagte dem anderen, er müsse mehr essen.

De een zei tegen de ander dat ze meer moesten eten.

Diese Person erhielt jedoch keine Antwort von der betreffenden Person.

Maar die persoon kreeg geen antwoord van die persoon.

„Danke, ich habe genug", oder etwas Ähnliches.

"Dank u wel, ik heb genoeg", of iets dergelijks.

Vielleicht tranken sie auch gar nichts mehr.

Misschien dronken ze ook helemaal niets meer.

Die Schwester fragte ihren Vater oft, ob er Bier wolle.

De zus vroeg haar vader vaak of hij bier wilde.

Und sie bot freundlicherweise an, das Bier selbst zu holen.

En ze bood hartelijk aan om zelf het bier te halen.

Der Vater schwieg auf ihre Bitte hin stets.

De vader zweeg altijd op haar verzoek.

Die Schwester musste also einen Weg finden, jeden Zweifel auszuräumen.

De zus moest dus een manier vinden om alle twijfel weg te nemen.

Und sie sagte, sie würde das Dienstmädchen losschicken, um Bier zu holen.

En ze zei dat ze de dienstmeid zou sturen om bier te halen.

Doch dann sagte der Vater schließlich ein lautes, deutliches „Nein".

Maar toen zei de vader uiteindelijk luid en duidelijk: "nee".

Das Thema, dass er ein Bier trank, wurde danach nicht mehr erwähnt.

Het onderwerp van het feit dat hij een biertje had gedronken, werd vervolgens niet meer ter sprake gebracht.

Er hatte die finanzielle Situation bereits zuvor erläutert.

Hij had de financiële situatie al eerder uitgelegd.

Tatsächlich sprach er schon am ersten Tag über Finanzen.

Sterker nog, hij sprak al op de eerste dag over financiën.

Er machte ihnen die Aussichten deutlich.

Hij maakte hen terdege bewust van de vooruitzichten.

Sein eigenes Unternehmen war vor etwa fünf Jahren zusammengebrochen.

Zijn eigen bedrijf was zo'n vijf jaar geleden failliet gegaan.

Hin und wieder stand er auf, um den Tisch zu verlassen.

Zo nu en dan stond hij op om van tafel te gaan.

Und er ging zur Kasse seines alten Geschäfts.

En hij liep naar de kassa van zijn oude zaak.

Aus Sentimentalität hatte er die Kasse aufgehoben.

Hij had de kassa uit sentimentele overwegingen bewaard.

Gregor hörte, wie er ein schweres und kompliziertes Schloss öffnete.

Gregor hoorde hem een zwaar en ingewikkeld slot openmaken.

Und er holte Quittungen und Bücher aus der Kasse.

En hij haalde bonnetjes en boekjes uit de kassalade.

Nachdem er die Gegenstände an sich genommen hatte, schloss er die Geldkassette wieder ab.

Nadat hij de spullen had meegenomen, deed hij de geldkist weer op slot.

Gregor hatte seit seiner Gefangennahme keine guten Nachrichten mehr erhalten.

Gregor had sinds zijn gevangenschap geen enkel goed nieuws vernomen.

Er glaubte, das Geschäft habe seinen Vater in den Ruin getrieben.

Hij dacht dat het bedrijf zijn vader failliet had gemaakt.

Dieser Eindruck war Gregor vom Vater sicherlich vermittelt worden.

De vader had Gregor die indruk zeker gegeven.

Und Gregor fragte ihn nie wieder nach den Finanzen.

En Gregor heeft hem nooit meer vragen gesteld over de financiën.

Gregor wollte alles tun, was er konnte, um der Familie zu helfen.

Gregor wilde er alles aan doen om het gezin te helpen.

Er wollte ihnen helfen, das geschäftliche Unglück zu vergessen.

Hij wilde hen helpen de zakelijke tegenslag te vergeten.

Der Bankrott, der zur völligen Hoffnungslosigkeit führte.

Het faillissement dat leidde tot volkomen hopeloosheid.

So begann er mit einer ganz besonderen Leidenschaft zu arbeiten.

Hij begon daarom met een bijzondere passie aan zijn werk.

Er war quasi über Nacht zum Handelsreisenden geworden.

Hij was vrijwel van de ene op de andere dag reizend verkoper geworden.

Davor hatte er lediglich als schlecht bezahlter Angestellter gearbeitet.

Daarvoor had hij gewerkt als een laagbetaalde klerk.

Nun boten sich ihm völlig andere Verdienstmöglichkeiten.

Nu had hij compleet andere verdienmogelijkheden.

Erfolgreiche Verkäufe konnten sofort in Bargeld umgewandelt werden.

Succesvolle verkopen kunnen direct in contànten worden omgezet.

Das Geld wird natürlich aus seinen Provisionen ausgezahlt.

Het geld wordt uiteraard uitbetaald uit zijn commissies.

Nun konnte Gregor Geld auf den Familientisch bringen.

Nu kon Gregor geld op tafel leggen voor het gezin.

Und sie waren erstaunt und erfreut über seinen Verdienst.

En ze waren verbaasd en blij met zijn inkomsten.

Aber diese schönen Zeiten werden sich nicht wiederholen.

Maar die mooie tijden zullen zich niet herhalen.

Sie hatten sich gerade erst an diese schönen Zeiten gewöhnt.

Ze waren net gewend geraakt aan deze fijne tijden.

Jeden Zahltag nahm die Familie das Geld dankbar entgegen.

Elke keer dat het salaris werd uitbetaald, nam het gezin het geld dankbaar in ontvangst.

Und Gregor war ebenso gern bereit, das Geld herauszugeben.

En Gregor was al even blij om het geld te overhandigen.

Doch die im Gegenzug entgegengebrachte herzliche Zuneigung erlosch allmählich.

Maar de warme genegenheid die daarvoor in ruil werd gegeven, verdween langzaam.

Nur seine Schwester stand Gregor noch so nahe wie zuvor.

Alleen zijn zus bleef net zo close met Gregor als voorheen.

Im Gegensatz zu Gregor hatte sie eine tiefe Wertschätzung für Musik.

Zij had, in tegenstelling tot Gregor, een grote waardering voor muziek.

Und sie konnte sehr berührend Geige spielen.
En ze kon op een zeer ontroerende manier vioolspelen.
Gregor plante insgeheim, sie auf eine Musikschule zu schicken.
Gregor had in het geheim plannen gemaakt om haar naar een muziekschool te sturen.
Er hatte noch nicht entschieden, wie er die Kosten decken würde.
Hij had nog niet besloten hoe hij de kosten zou betalen.
Aber irgendwie würde er die Kosten decken.
Maar op de een of andere manier zou hij de kosten wel dekken.
Gelegentlich unternahmen Gregor und seine Familie Kurztrips.
Zo nu en dan maakten Gregor en zijn gezin korte uitstapjes.
Gregor und seine Schwester sprachen oft über dieses Thema.
Gregor en zijn zus brachten het onderwerp vaak ter sprake.
Es wurde aber immer nur als eine wunderbare Idee erwähnt.
Maar het werd altijd alleen maar genoemd als een fantastisch idee.
Sie glaubten nicht wirklich, dass der Traum in Erfüllung gehen könnte.
Ze geloofden eigenlijk niet dat de droom werkelijkheid kon worden.
Und den Eltern gefielen solche fantasievollen Ambitionen nicht.
En de ouders waren niet gecharmeerd van zulke vergezochte ambities.
Selbst wenn das Thema ganz harmlos angesprochen wurde.
Zelfs toen het onderwerp op een heel onschuldige manier ter sprake kwam.
Gregor dachte aber weiterhin an die Musikschule.
Maar Gregor bleef aan de muziekschool denken.
Und er hatte vor, das Geschenk am Heiligabend anzukündigen.

En hij was van plan het cadeau op kerstavond bekend te maken.

In seinem jetzigen Zustand wäre das natürlich unmöglich.

In zijn huidige toestand zou dat natuurlijk onmogelijk zijn.

Doch solche Gedanken gingen ihm durch den Kopf.

Maar zulke gedachten spookten wel door zijn hoofd.

Und solche Gedanken kamen ihm, während er der Familie zuhörte.

En die gedachten kwamen bij hem op terwijl hij naar de familie luisterde.

Manchmal war er zu müde, um ihnen weiter zuzuhören.

Soms werd hij te moe om nog langer naar hen te luisteren.

Vor Erschöpfung sank sein Kopf gegen die Tür.

Hij liet zijn hoofd vermoeid tegen de deur zakken.

Doch er legte sofort wieder seinen Kopf gegen die Tür.

Maar hij drukte onmiddellijk zijn hoofd weer tegen de deur.

Denn selbst das leiseste Geräusch war draußen zu hören.

Want zelfs het kleinste geluidje was buiten te horen.

Und jedes Geräusch, das er machte, brachte die Familie zum Schweigen.

En elk geluid dat hij maakte, deed het gezin verstommen.

„Was macht er denn jetzt?", fragte der Vater die Familie.

'Wat doet hij nu?' vroeg de vader aan het gezin.

Und er ging zur Tür, um nachzusehen, was das Geräusch verursachte.

En hij ging naar de deur om te kijken wat het lawaai was.

Und dann wurde das unterbrochene Gespräch allmählich wieder aufgenommen.

En vervolgens werd het onderbroken gesprek geleidelijk hervat.

Was der Vater aber sagte, überraschte alle auf positive Weise.

Maar wat de vader zei, verraste iedereen ten zeerste.

Gregor erfuhr nun den wahren Stand der Finanzen.

Gregor kwam nu achter de ware stand van zaken met betrekking tot de financiën.

Trotz all des Unglücks gab es auch etwas Glück.

Ondanks alle tegenslagen was er ook enig geluk.

Ein kleines Vermögen aus alten Zeiten war noch vorhanden.

Er was nog een klein fortuintje uit de oude tijd overgebleven.

Der Vater erklärte die Dinge, musste sich aber wiederholen.

De vader legde de zaken uit, maar moest zichzelf herhalen.

Weil er sich eine Weile nicht mehr mit diesen Dingen befasst hatte.

Omdat hij zich al een tijdje niet meer met deze zaken had beziggehouden.

Und weil die Mutter solche Dinge nicht verstand.

En omdat de moeder dat soort dingen niet begreep.

Die Zinssätze der Bank waren etwas gestiegen.

De rente van de bank was iets gestegen.

Das unberührte Geld hatte sich stärker erhöht als erwartet.

Het onaangeroerde geld was meer toegenomen dan verwacht.

Darüber hinaus hatte Gregor ihnen immer seine Ersparnisse gegeben.

Bovendien gaf Gregor hen altijd zijn spaargeld.

Er hatte nur wenige Gulden für sich behalten.

Hij had altijd maar een paar gulden voor zichzelf gehouden.

Und sein Geld war auch noch nicht vollständig aufgebraucht.

En zijn geld was ook nog niet helemaal op.

Zusammen hatte sich dieses Geld zu einem kleinen Kapital angesammelt.

Dit geld had zich inmiddels opgestapeld tot een klein kapitaal.

Gregor nickte hinter seiner Tür eifrig zu der Nachricht.

Gregor, die achter zijn deur stond, knikte gretig bij het horen van het nieuws.

Er war erfreut über diese unerwartete Vorsicht und Sparsamkeit.

Hij was verheugd over deze onverwachte voorzichtigheid en zuinigheid.

Die überschüssigen Mittel hätten zur Tilgung der Schulden verwendet werden können.

De overtollige middelen hadden gebruikt kunnen worden om de schuld af te lossen.

Dann hätten sie dem Chef nichts mehr geschuldet.
Dan zouden ze de baas niets meer verschuldigd zijn geweest.
**Und Gregor hätte schon viel früher eine neue Stelle
annehmen können.**
En Gregor had veel eerder een nieuwe baan kunnen vinden.
**Aber so, wie der Vater es arrangiert hatte, war es jetzt viel
besser.**
Maar de manier waarop de vader het had geregeld, was nu
veel beter.
Das Geld reichte nicht ganz zum Leben von den Zinsen.
Het geld was net niet genoeg om van de rente te leven.
**Und ein Teil des Geldes musste für Notfälle zurückgelegt
werden.**
En er moest ook geld opzijgezet worden voor noodgevallen.
Das Geld hätte nur für ein oder zwei Jahre gereicht.
Dat zou slechts genoeg geld zijn geweest voor een jaar of twee.
**Das bedeutete, dass jemand Geld verdienen musste, damit
sie leben konnten.**
Dit betekende dat iemand geld moest verdienen om hen van
te laten leven.
Der Vater war nicht krank und er war stark genug.
De vader was niet ongezond en hij was sterk genoeg.
Doch er war seit mehr als fünf Jahren arbeitslos.
Maar hij was al meer dan vijf jaar werkloos.
**Und aufgrund seines Alters hatte er kaum noch
Selbstvertrauen.**
En door zijn leeftijd had hij nog maar weinig zelfvertrouwen
over.
**Er hatte in letzter Zeit auch deutlich an Gewicht
zugenommen.**
Hij was de laatste tijd ook flink aangekomen.
Sein Leben war stets mühsam und erfolglos gewesen.
Zijn leven was altijd zwaar en onsuccesvol geweest.
Und dies war der erste Urlaub, den er je verbracht hatte.
En dit was de eerste vakantie die hij ooit had gehad.
**Und da er nicht beschäftigt war, war er ziemlich ungeschickt
geworden.**

En doordat hij niet bezig werd gehouden, was hij behoorlijk onhandig geworden.

Wäre es besser, wenn die alte Mutter das Geld verdienen würde?

Zou het niet beter zijn als de oude moeder het geld zelf verdiende?

Die alte Mutter, die an Asthma litt.

De oude moeder die aan astma leed.

Die alte Mutter, die Mühe hatte, die Treppe hinaufzugehen.

De oude moeder die moeite had om de trap op te lopen.

Die alte Mutter, die ihre Zeit damit verbrachte, auf dem Sofa zu liegen.

De oude moeder die haar tijd doorbracht liggend op de bank.

Die alte Mutter, die es vorzog, am Fenster zu sitzen.

De oude moeder die het liefst bij het raam bleef zitten.

Damit sie bei Bedarf durchatmen konnte.

Zodat ze op adem kon komen wanneer dat nodig was.

Wäre es besser, wenn die jüngere Schwester das Geld verdienen würde?

Zou het niet beter zijn als de jongere zus het geld verdiende?

Die Schwester, die mit siebzehn Jahren noch ein Kind war.

De zus, die op zeventienjarige leeftijd nog maar een kind was.

Die Schwester, die nur wenige, bescheidene Freuden hatte.

De zus die slechts een paar bescheiden genoegens kende.

Die Schwester, die am liebsten Geige spielte.

De zus die vooral graag viool speelde.

Sie wusste, dass ihr bisheriger Lebensstil sehr beneidenswert war;

Ze wist dat haar vroegere levensstijl zeer benijdenswaardig was;

Sich schick anziehen, ausschlafen, im Haushalt helfen.

Je netjes aankleden, laat opstaan en meehelpen in huis.

Das Gespräch drehte sich oft um die Notwendigkeit, Geld zu verdienen.

Het gesprek ging vaak over de noodzaak om geld te verdienen.

Gregor war immer der Erste, der die Tür losließ.

Gregor was altijd de eerste die de deur losliet.

Das Gespräch erfüllte ihn mit Scham und Trauer.

Het gesprek vervulde hem met schaamte en verdriet.

Also warf er sich auf das kühle Ledersofa.

Dus liet hij zich neervallen op de verkoelende leren bank.

Und den Rest der Nacht verbrachte er oft auf dem Sofa.

En hij bracht de rest van de nacht vaak door op de bank.

Er hat nie wirklich auf dem Sofa geschlafen, auch nicht nachts.

Hij sliep eigenlijk nooit op de bank, en ook niet 's nachts.

Oft kratzte er stundenlang an dem Leder.

Vaak krabde hij urenlang aan het leer.

Manchmal schob er den Sessel ans Fenster.

Soms schoof hij de fauteuil naar het raam.

Allein dies erforderte von seiner Seite einen erheblichen Aufwand.

Dit alleen al vergde een enorme inspanning van zijn kant.

Der Sessel half ihm, auf die Fensterbank zu klettern.

De fauteuil hielp hem om op de vensterbank te kruipen.

Und von dort aus konnte er sich ans Fenster lehnen.

En van daaruit kon hij tegen het raam leunen.

Er empfand dabei stets ein großes Gefühl der Freiheit.

Hij ervoer hierbij een groot gevoel van vrijheid.

Vielleicht suchte er nach einem alten, befreienden Gefühl.

Misschien was hij op zoek naar een oud, bevrijdend gevoel.

Doch seine Sehkraft war nicht mehr so scharf wie früher.

Maar zijn zicht was niet meer zo scherp als vroeger.

Dinge in geringer Entfernung waren verschwommen und undeutlich.

Objecten op kleine afstand waren wazig en onduidelijk.

Er konnte das Krankenhaus auf der anderen Straßenseite nicht mehr sehen.

Hij kon het ziekenhuis aan de overkant van de weg niet meer zien.

Vorher hatte er den Anblick verflucht, jetzt wollte er ihn sehen.

Eerst had hij het uitzicht vervloekt, nu wilde hij het juist zien.

**Er wusste, dass er in der ruhigen, städtischen
Charlottenstraße wohnte.**
Hij wist dat hij in de rustige, stedelijke Charlottenstrasse
woonde.
Aber vielleicht dachte er, er blicke in die Wüste.
Maar hij dacht misschien dat hij naar een woestijn keek.
**Eine Ödnis, wo grauer Himmel und graue Erde
verschmolzen.**
Een woestenij waar de grijze lucht en de grijze aarde in elkaar
overvloeiden.
**Zweimal bemerkte die aufmerksame Schwester, dass der
Stuhl verschoben worden war.**
Tot twee keer toe merkte de oplettende zus op dat de stoel
was verplaatst.
**Nachdem sie aufgeräumt hatte, schob sie den Stuhl zurück
ans Fenster.**
Nadat ze had opgeruimd, schoof ze de stoel terug naar het
raam.
Und von nun an ließ sie sogar den Fensterflügel offen.
En vanaf nu liet ze zelfs het raamkozijn openstaan.
**Gregor wünschte sich sehr, er hätte mit seiner Schwester
sprechen können.**
Gregor had er oprecht naar verlangd om met zijn zus te
kunnen praten.
Er wollte ihr für alles danken, was sie für ihn getan hatte.
Hij wilde haar bedanken voor alles wat ze voor hem had
gedaan.
Dann hätte er ihre Dienste leichter toleriert.
Dan zou hij hun diensten gemakkelijker hebben getolereerd.
**Doch so wie die Dinge standen, litt er darunter, dass sie ihm
half.**
Maar zoals de zaken er nu voor stonden, leed hij eronder dat
zij hem hielp.
**Die Schwester versuchte natürlich, die Peinlichkeit zu
überspielen.**
De zus probeerde de gênante situatie natuurlijk te verzachten.

Und sie tat ihr Bestes, so zu tun, als ob sie sich nicht belastet fühlte.
En ze deed haar best om te doen alsof ze zich niet bezwaard voelde.
Natürlich musste sie das erst einmal üben.
Dit moest ze natuurlijk eerst oefenen.
Und je mehr Zeit verging, desto besser wurde sie darin.
En hoe meer tijd er verstreek, hoe beter ze erin werd.
Gregor erhielt jedoch auch mehr Zeit, um ihr Täuschungsmanöver zu durchschauen.
Maar Gregor kreeg ook meer tijd om haar bedrog te doorzien.
Schon das Betreten seines Zimmers durch sie war für ihn eine Tortur.
Zelfs haar binnenkomst in zijn kamer was een beproeving voor hem.
Kaum war sie eingetreten, rannte sie direkt zum Fenster.
Zodra ze binnenkwam, rende ze meteen naar het raam.
Sie nahm sich nicht einmal die Zeit, die Tür zu schließen.
Ze nam niet eens de moeite om de deur dicht te doen.
Normalerweise ersparte sie allen den Anblick von Gregors Zimmer.
Normaal gesproken bespaarde ze iedereen de aanblik van Gregors kamer.
Und mit hastigen Händen riss sie das Fenster auf.
En ze rukte met haastige handen het raam open.
Dann atmete sie wieder, als ob sie erstickt wäre.
Toen haalde ze weer adem, alsof ze aan het stikken was geweest.
Die einströmende Luft war kalt, und sie atmete tief durch.
De binnenkomende lucht was koud en ze haalde diep adem.
Dennoch blieb sie noch eine Weile am Fenster stehen.
Maar desondanks bleef ze nog een tijdje bij het raam staan.
Mit dieser Routine ängstigte sie Gregor zweimal täglich.
Ze joeg Gregor twee keer per dag de stuipen op het lijf met dit trucje.
Während sie im Zimmer war, zitterte er unter dem Sofa.
Terwijl zij in de kamer was, lag hij te rillen onder de bank.

Er wusste, dass sie ihm diese Tortur gern erspart hätte.
Hij wist dat ze hem die beproeving liever had bespaard.
Aber sie konnte nicht in dem Zimmer sein, wenn das Fenster geschlossen war.
Maar ze kon niet in de kamer zijn met het raam dicht.
Einmal kam sie etwas früher.
Er was een keer dat ze iets eerder binnenkwam.
Vermutlich etwa einen Monat nach Gregors Verwandlung.
Waarschijnlijk ongeveer een maand na Gregors transformatie.
Sie hatte sich ein wenig an sein neues Aussehen gewöhnt.
Ze was inmiddels enigszins gewend geraakt aan zijn nieuwe uiterlijk.
Sie hatte also keinen Grund mehr, besonders schockiert zu sein.
Ze had dus geen reden meer om bijzonder geschokt te zijn.
Sie fand ihn immer noch regungslos aus dem Fenster starrend vor.
Ze trof hem aan terwijl hij nog steeds roerloos uit het raam staarde.
Er befand sich am schrecklichsten Ort, an dem er hätte sein können.
Hij bevond zich op de meest afschuwelijke plek waar hij maar kon zijn.
Er wäre nicht überrascht gewesen, wenn sie nicht hereingekommen wäre.
Hij zou niet verbaasd zijn geweest als ze niet binnen was gekomen.
Er hinderte sie daran, das Fenster zu öffnen.
Hij belette haar het raam te openen.
Sie verließ schnell wieder das Zimmer und schloss die Tür.
Ze verliet de kamer snel weer en sloot de deur.
Ein Fremder hätte zu allen möglichen Schlussfolgerungen gelangen können.
Een buitenstaander had tot allerlei conclusies kunnen komen.
Vielleicht wartete er nur auf die Gelegenheit, sie zu beißen.
Misschien wachtte hij gewoon op de kans om haar te bijten.
Gregor versteckte sich natürlich sofort unter dem Sofa.

Gregor verstopte zich natuurlijk meteen onder de bank.

Doch er musste bis Mittag warten, bis seine Schwester zurückkehrte.

Maar hij moest tot de middag wachten voordat zijn zus terugkwam.

Und sie wirkte viel unruhiger als sonst.

En ze leek veel onrustiger dan normaal.

Ihm wurde klar, dass der Anblick von ihm immer noch unerträglich war.

Hij besefte dat de aanblik van hem nog steeds ondraaglijk was.

Der Anblick von ihm würde für sie weiterhin unerträglich bleiben.

De aanblik van hem zou voor haar altijd ondraaglijk blijven.

Sie konnte es wahrscheinlich nicht ertragen, auch nur einen Teil von ihm zu sehen.

Ze kon waarschijnlijk geen enkel deel van hem verdragen.

Ein kleines Teil ragte immer unter dem Sofa hervor.

Er stak altijd een klein stukje onder de bank uit.

Eines Tages trug er ein Bettlaken auf dem Rücken zum Sofa.

Op een dag droeg hij een lakens op zijn rug naar de bank.

Er wollte verhindern, dass sie irgendetwas von ihm sah.

Hij wilde haar behoeden voor het zien van ook maar iets van hem.

Er richtete das Bettlaken so aus, dass er vollständig verdeckt war.

Hij schikte het lakens zo dat hij volledig bedekt was.

Selbst wenn sie sich bückte, könnte sie ihn nicht sehen.

Zelfs als ze zich voorover boog, zou ze hem niet kunnen zien.

Für Gregor dauerte die gesamte Arbeit mehr als drei Stunden.

De hele klus kostte Gregor meer dan drie uur.

Möglicherweise hielt sie das Bettlaken für überflüssig.

Ze dacht wellicht dat het lakens overbodig waren.

Sie hätte gewusst, dass er das Bettlaken nicht wollte.

Ze zou geweten hebben dat hij het lakens niet wilde hebben.

Er tat es zu ihrem Wohlbefinden und nicht für sich selbst.

Hij deed het voor haar gemoedsrust, en niet voor zichzelf.

Und sie hätte das Bettlaken abnehmen können, wenn sie gewollt hätte.

En ze had het lakens kunnen weghalen als ze dat wilde.

Aber sie ließ das Bettlaken dort, wo Gregor es hingelegt hatte.

Maar ze liet het lakens liggen waar Gregor het had neergelegd.

Und Gregor glaubte sogar, einen dankbaren Blick erhascht zu haben.

En Gregor dacht zelfs dat hij een dankbare blik had opgevangen.

Er hatte das Bettlaken vorsichtig mit dem Kopf angehoben.

Hij had het lakens voorzichtig met zijn hoofd opgetild.

Er wollte herausfinden, ob seiner Schwester die Vereinbarung gefiel.

Hij wilde weten of zijn zus de regeling goedkeurde.

Die ersten zwei Wochen waren für die Eltern am schwierigsten.

De eerste twee weken waren het moeilijkst voor de ouders.

Sie brachten es nicht übers Herz, hereinzukommen und ihn zu sehen.

Ze konden het niet opbrengen om naar binnen te gaan en hem te zien.

Er belauschte in dieser Zeit viele ihrer Gespräche.

Hij ving in die periode veel van hun gesprekken op.

Sie nahmen alles, was die Schwester tat, voll und ganz zur Kenntnis.

Ze erkenden volledig alles wat de zus deed.

Auch wenn sie früher oft verärgert über sie waren.

Hoewel ze zich vroeger vaak aan haar ergerden.

Weil sie ein ziemlich nutzloses Mädchen gewesen zu sein schien.

Omdat ze een nogal nutteloos meisje leek te zijn.

Nun warteten sie auf der anderen Seite des Raumes.

Nu waren zij het die aan de andere kant van de kamer stonden te wachten.

Und sie war es, die den Raum betrat, um alles zu erledigen.

En zij was het die de kamer binnenging om alles te doen.

Sobald sie herauskam, wollten sie alles wissen.

Zodra ze naar buiten kwam, wilden ze alles weten.

Sie musste ihnen genau beschreiben, wie das Zimmer aussah.

Ze moest hen precies vertellen hoe de kamer eruitzag.

„Was hat Gregor gegessen? Wie hat er sich diesmal verhalten?"

"Wat heeft Gregor gegeten? Hoe heeft hij zich deze keer gedragen?"

„War vielleicht eine leichte Verbesserung zu bemerken?"

"Was er wellicht een lichte verbetering merkbaar?"

Die Mutter war übrigens tatsächlich mutiger.

De moeder was overigens eigenlijk moediger.

Und natürlich war es ihr eigener Sohn im Zimmer.

En natuurlijk was het haar eigen zoon die zich in de kamer bevond.

Sie wollte Gregor eigentlich schon bald besuchen.

Ze wilde Gregor eigenlijk al vrij snel bezoeken.

Doch der Vater und die Schwester hielten sie zunächst zurück.

Maar haar vader en zus hielden haar aanvankelijk tegen.

Sie brachten sehr rationale Argumente dafür vor, dass sie nicht gehen sollte.

Ze brachten zeer rationele argumenten naar voren om haar ervan te weerhouden te gaan.

Gregor hörte ihren Argumenten sehr aufmerksam zu.

Gregor luisterde zeer aandachtig naar hun redenering.

Und er akzeptierte die Argumentation genauso wie seine Mutter.

En hij accepteerde die redenering net zo goed als zijn moeder.

Später musste sie jedoch mit Gewalt zurückgehalten werden.

Later moest ze echter met geweld worden tegengehouden.

"Lasst mich zu Gregor hinein, er ist mein unglücklicher Sohn!"

"Laat me binnen bij Gregor, hij is mijn ongelukkige zoon!"
"Verstehst du denn nicht, dass ich ihn aufsuchen muss?"
"Begrijp je dan niet dat ik hem moet gaan bezoeken?"
**Gregor ließ sich ebenfalls von den Argumenten seiner
Mutter überzeugen.**
Gregor liet zich ook overtuigen door de argumenten van zijn
moeder.
Vielleicht hatte sie recht; es wäre gut, wenn sie hereinkäme.
Misschien had ze gelijk; het zou goed zijn als ze binnenkwam.
Ihn jeden Tag zu besuchen, wäre viel zu viel.
Hem elke dag bezoeken zou veel te veel zijn.
**Aber ihn vielleicht einmal pro Woche zu sehen, könnte
genügen.**
Maar hem misschien één keer per week zien, zou al genoeg
kunnen zijn.
**Sie versteht die Dinge vielleicht viel besser als die
Schwester.**
Misschien begrijpt zij de dingen veel beter dan haar zus.
Trotz all ihres Mutes war sie doch nur ein Kind.
Ondanks al haar moed was ze nog maar een kind.
**Vielleicht war es kindliche Unbekümmertheit, die sie dazu
veranlasste, diese Aufgabe anzunehmen.**
Wellicht was het kinderlijke roekeloosheid die haar ertoe
aanzette de taak op zich te nemen.
**Doch Gregors Wunsch, seine Mutter wiederzusehen, ging
bald in Erfüllung.**
Maar Gregors wens om zijn moeder te zien ging al snel in
vervulling.
Tagsüber hielt sich Gregor vom Fenster fern.
Overdag bleef Gregor uit de buurt van het raam.
Dies tat er aus Rücksicht auf seine Eltern.
Dit deed hij uit respect voor zijn ouders.
**Er hatte nicht viel Platz, um auf dem Boden
herumzukriechen.**
Hij had niet veel ruimte om over de vloer te kruipen.
Es fiel ihm schwer, nachts still zu liegen.
Hij vond het moeilijk om 's nachts stil te liggen.

Das Essen bereitete ihm nicht einmal mehr die geringste Freude.
Eten gaf hem geen enkel plezier meer.
Natürlich musste er sich irgendwie ablenken.
Uiteraard moest hij een manier vinden om zichzelf af te leiden.
Um sich die Zeit zu vertreiben, kletterte er die Wände rauf und runter.
Om zichzelf te vermaken, kroop hij de muren op en neer.
Und er kroch auch kopfüber an der Decke entlang.
En hij kroop ook ondersteboven over het plafond.
Besonders glücklich war er, als er von der Decke hing.
Hij was vooral gelukkig als hij aan het plafond hing.
Es war etwas völlig anderes, als auf dem Boden zu liegen.
Het was totaal anders dan op de vloer liggen.
In dieser Position fiel ihm das Atmen deutlich leichter.
Hij vond het in deze houding veel gemakkelijker om te ademen.
Ein leichtes, aber angenehmes Kribbeln durchfuhr seinen Körper.
Een lichte maar aangename trilling ging door zijn lichaam.
Manchmal gab er sich seinem Glück sogar zu sehr hin.
Soms liet hij zich zelfs te veel meeslepen door zijn geluk.
Manchmal ließ er sich ablenken und ließ die Decke los.
Hij raakte soms afgeleid en liet het plafond los.
Und zu seiner eigenen Überraschung landete er wieder auf dem Boden.
En tot zijn eigen verbazing landde hij weer op de grond.
Aber er hatte seinen Körper deutlich besser unter Kontrolle als zuvor.
Maar hij had zijn lichaam nu veel beter onder controle dan voorheen.
So verletzte er sich nun nicht mehr bei so heftigen Stürzen.
Hij heeft zich dus niet meer bezeerd door zulke grote valpartijen.
Die Schwester bemerkte sofort Gregors neue Freude.
De zus merkte Gregors nieuwe plezier meteen op.

Und dort, wo er gekrochen war, waren Klebstoffreste zu
sehen.
En er waren sporen van lijm te zien op de plekken waar hij
had gekropen.
Auch hier dachte die Schwester an Gregors Wohlbefinden.
Ook nu dacht de zus weer aan Gregors welzijn.
**Vielleicht würde er mehr Platz zum Herumkriechen
begrüßen.**
Misschien zou hij meer ruimte om rond te kruipen wel prettig
vinden.
Und der Gedanke hatte sich fest in ihrem Kopf verankert.
En het idee nestelde zich stevig in haar hoofd.
**Einige der großen Möbelstücke behinderten seine
Bewegungsfreiheit.**
Een deel van het grote meubilair belemmerde zijn
bewegingsvrijheid.
**Da er nicht mehr arbeitete, brauchte er den Schreibtisch
nicht mehr.**
Hij werkte niet meer, dus had hij het bureau niet meer nodig.
Und die Schachtel nahm auch mehr Platz ein als nötig. ***
En de doos nam ook meer ruimte in beslag dan nodig was. ***
**Die Schwester war nicht in der Lage, diese Dinge allein zu
bewegen.**
De zus was niet in staat om deze spullen alleen te verplaatsen.
Natürlich wagte sie es nicht, den Vater um Hilfe zu bitten.
Natuurlijk durfde ze haar vader niet om hulp te vragen.
Das Dienstmädchen hätte ihr sicherlich auch nicht geholfen.
De dienstmeid zou haar zeker ook niet hebben geholpen.
**Das neue Dienstmädchen war tatsächlich ein Jahr jünger als
sie.**
De nieuwe huishoudster was in feite een jaar jonger dan zij.
**Sie hatte mutig die Rolle der ehemaligen Magd
übernommen.**
Ze had moedig de rol van de voormalige dienstmeid op zich
genomen.
Doch ein Privileg wollte sie unbedingt haben.
Maar er was één voorrecht waar ze absoluut op stond.

Sie wollte die Küche stets verschlossen halten.
Ze wilde de keuken altijd op slot houden.
Daher blieb der Schwester nichts anderes übrig, als ihre Mutter zu fragen.
De zus had dus geen andere keus dan het aan haar moeder te vragen.
Unter Freudenschreien kam die Mutter herbei, um zu helfen.
Onder kreten van opgewonden vreugde kwam de moeder helpen.
Doch an der Tür zu Gregors Zimmer verstummte sie.
Maar ze zweeg in de deuropening van Gregors kamer.
Die Schwester überprüfte, ob im Zimmer alles in Ordnung war.
De zus controleerde of alles in de kamer in orde was.
Gregor hatte das Bettlaken hastig noch straffer gezogen.
Gregor had haastig het lakens nog strakker getrokken.
Obwohl das Bettlaken immer noch willkürlich angeordnet aussah.
Hoewel het beddengoed er nog steeds willekeurig uitzag.
Erst dann ließ sie ihre Mutter ins Zimmer.
Pas toen liet ze haar moeder de kamer binnenkomen.
Gregor verzichtete auch darauf, unter dem Laken hervorzuspähen.
Gregor zag er ook van af om van onder het laken te spioneren.
Er beschloss, diesmal auf einen Besuch bei seiner Mutter zu verzichten.
Hij besloot om zijn moeder dit keer niet te bezoeken.
Gregor war schon froh genug, dass sie überhaupt gekommen war.
Gregor was al blij genoeg dat ze überhaupt was gekomen.
„Komm herein, du kannst ihn nicht sehen", sagte die Schwester.
"Kom binnen, je kunt hem niet zien," zei de zus.
Gregor nahm an, dass sie ihre Mutter an der Hand führte.
Gregor nam aan dat ze haar moeder bij de hand leidde.

Dann hörte er, wie die beiden schwachen Frauen die Möbel verrückten.

Toen hoorde hij de twee zwakke vrouwen de meubels verplaatsen.

Die Schwester schien den größten Teil der Arbeit für sich zu beanspruchen.

De zus leek het meeste werk voor zichzelf op te eisen.

Ihre Mutter befürchtete, sie würde sich überanstrengen.

Haar moeder vreesde dat ze zichzelf zou overbelasten.

Doch die Schwester schenkte diesen Warnungen keine Beachtung.

Maar de zus sloeg geen acht op deze waarschuwingen.

Doch auch nach fünfzehn Minuten ging es nur sehr langsam voran.

Maar zelfs na vijftien minuten ging het maar heel langzaam.

Es war ihnen nicht gelungen, die Möbel weit zu bewegen.

Ze waren er niet in geslaagd de meubels ver te verplaatsen.

Langsam beschlich sie ein Gefühl der Niederlage.

Ze begonnen langzaam een gevoel van nederlaag te ervaren.

Die Mutter war die Erste, die die Sinnlosigkeit eingestand.

De moeder was de eerste die de zinloosheid erkende.

"Vielleicht wäre es besser, die Schachtel hier zu lassen."

"Misschien is het beter om de doos hier te laten staan."

„Die Kiste ist zu schwer, als dass wir sie noch viel weiter bewegen könnten."

"De doos is te zwaar om hem nog verder te verplaatsen."

„Und wir werden nicht fertig sein, bevor dein Vater eintrifft."

"En we zijn niet klaar voordat je vader arriveert."

„Wenn wir die Kiste hier lassen würden, würde das seinen Weg nur noch mehr versperren."

"Als hij de doos hier laat staan, blokkeert dat zijn weg nog meer."

Und können wir sicher sein, dass wir ihm damit einen Gefallen tun?

"En kunnen we er zeker van zijn dat we hem daarmee een plezier doen?"

Sie begannen zu glauben, dass das Gegenteil durchaus der Fall sein könnte.

Ze begonnen te denken dat het tegendeel wel eens waar zou kunnen zijn.

Der Anblick der leeren Wand lastete schwer auf ihrem Herzen.

De aanblik van de lege muur drukte zwaar op haar hart.

Was spricht dagegen, dass Gregor das auch so empfinden würde?

Wie zegt dat Gregor zich niet ook zo zou voelen?

„Er hat sich bereits an die Möbel in seinem Zimmer gewöhnt."

"Hij is al gewend aan de meubels in zijn kamer."

„In einem leeren Zimmer könnte er sich noch verlassener fühlen."

"In een lege kamer zou hij zich wellicht nog meer verlaten voelen."

Ihre Stimme war inzwischen fast zu einem Flüstern gesunken.

Inmiddels was haar stem bijna tot een fluistering gezakt.

Sie wusste tatsächlich nicht, wo sich Gregor genau aufhielt.

Ze wist niet precies waar Gregor zich bevond.

Sie wollte nicht einmal, dass er ihre Stimme hörte.

Ze wilde niet dat hij haar stem ook maar hoorde.

Obwohl sie sich sicher war, dass er sie nicht verstand.

Hoewel ze er zeker van was dat hij haar niet begreep.

„Würde es nicht so aussehen, als hätten wir ihn völlig aufgegeben?"

"Zou het niet lijken alsof we hem volledig hebben opgegeven?"

"Wird er nicht das Gefühl haben, dass wir ihn mit der Situation allein lassen?"

"Zal hij niet het gevoel krijgen dat we hem in de steek laten?"

„Wir sollten den Raum genau so verlassen, wie er war."

"We moeten de kamer precies zo achterlaten als we hem aantroffen."

„Irgendwann wird Gregor zu uns zurückkehren, so wie er
war."

"Uiteindelijk zal Gregor weer bij ons terugkomen zoals hij
was."

„Dann wird er feststellen, dass alles noch an seinem Platz
ist."

"Dan zal hij merken dat alles nog op zijn plaats is."

„Und er wird die Übergangszeit viel leichter vergessen."

"En hij zal de tussenperiode veel gemakkelijker vergeten."

Als Gregor diese Worte hörte, begriff er etwas.

Toen Gregor deze woorden hoorde, besefte hij iets.

Sein Verstand war in den letzten zwei Monaten verwirrt
worden.

De afgelopen twee maanden was zijn geest in de war geraakt.

Der Mangel an menschlicher Interaktion hatte ihm nicht
gutgetan.

Het gebrek aan menselijk contact was niet goed voor hem
geweest.

Er brauchte das eintönige Leben im Kreise seiner Familie
wirklich.

Hij had de eentonigheid van het leven te midden van zijn
familie echt nodig.

Warum sonst hätte er eine solch unsinnige Forderung
gestellt?

Waarom zou hij anders zo'n onzinnige eis hebben gesteld?

Welchen Sinn sollte es denn haben, sein Zimmer zu
räumen?

Wat voor zin had het om zijn kamer leeg te halen?

Das gemütliche Zimmer war mit geerbten Möbeln
eingerichtet.

De comfortabele kamer is ingericht met geërfd meubilair.

Warum sollte er diese bekannte Wärme in eine Höhle
verwandeln wollen?

Waarom zou hij deze bekende warmte in een grot willen
veranderen?

Eine Höhle, in der er ungestört in alle Richtungen kriechen
konnte.

Een grot waar hij in alle rust in alle richtingen kon kruipen.

Doch in einer Höhle vergaß er rasch seine menschliche Vergangenheit.

Maar een grot waarin hij zijn menselijke verleden snel vergat.

Er fragte sich, ob er schon kurz davor war, alles zu vergessen.

Hij vroeg zich af of hij het al bijna vergeten was.

Die Stimme seiner Mutter hatte ihn aufgerüttelt und seine Erinnerung wachgerufen.

De stem van zijn moeder had hem wakker geschud en zijn herinneringen opgeroepen.

Die Stimme, die er so lange nicht gehört hatte.

De stem die hij al zo lang niet meer had gehoord.

Nichts durfte entfernt werden; alles musste bleiben.

Niets mocht worden verwijderd; alles moest blijven.

Die Möbel wirkten sich positiv auf seinen Zustand aus.

De meubels hadden een positief effect op zijn toestand.

Und ohne diesen Anker zur Vergangenheit konnte er nicht zurechtkommen.

En hij kon niet zonder dit houvast uit het verleden.

Die Möbel hinderten ihn daran, sinnlos herumzukriechen.

Het meubilair verhinderde dat hij doelloos rondkroop.

Das war aber kein Verlust, sondern vielmehr ein großer Vorteil.

Maar dat was geen verlies; integendeel, het was een groot voordeel.

Leider hatte die Schwester eine ganz andere Meinung.

Helaas had de zus een heel andere mening.

Sie war gewissermaßen zu einer Sprecherin Gregors geworden.

Ze was in zekere zin een woordvoerster voor Gregor geworden.

Natürlich war ihre Meinung nicht völlig unberechtigt.

Haar mening was natuurlijk niet helemaal onterecht.

Doch der Meinung ihrer Mutter musste hier widersprochen werden.

Maar de mening van haar moeder moest hier tegengesproken worden.

Es war nicht nur die Kiste, die nun entfernt werden musste.

Het was niet alleen de doos die nu verwijderd moest worden.

Sein Schreibtisch und der Kleiderschrank konnten ebenfalls nicht bleiben.

Ook zijn bureau en de kledingkast konden niet blijven staan.

Das Einzige, was unverzichtbar war, war das Sofa.

Het enige dat onmisbaar was, was de bank.

Sie hat diese Entscheidung nicht aus kindischem Trotz getroffen.

Ze heeft dit niet zomaar uit kinderlijke opstandigheid besloten.

Es lag auch nicht an ihrem erst kürzlich gewonnenen Selbstvertrauen.

Het was ook niet haar recent verworven zelfvertrouwen.

Das neue Selbstvertrauen, das sie hatte, trieb sie an, so hart für den Sieg zu arbeiten.

Het herwonnen zelfvertrouwen gaf haar de motivatie om zo hard te werken voor de overwinning.

Auch wenn niemand erwartet hatte, dass sie dazu in der Lage sein würde.

Ook al had niemand verwacht dat ze het zou kunnen.

Gregor brauchte tatsächlich viel Platz zum Kriechen.

Gregor had inderdaad veel ruimte nodig om te kruipen.

Die Möbel schränkten den ihm zur Verfügung stehenden Raum zusätzlich ein.

De meubels beperkten alleen de beschikbare ruimte.

Sie konnte diese Dinge besser sehen als die Mutter.

Zij kon deze dingen beter zien dan de moeder.

Aber vielleicht spielte auch ihre romantische Ader eine Rolle.

Maar misschien speelde haar romantische aard ook een rol.

Mädchen in diesem Alter entwickeln oft eine gewisse Begeisterung.

Meisjes van die leeftijd ontwikkelen vaak een zekere mate van enthousiasme.

Und sie verspüren das Bedürfnis, ihren Willen durchzusetzen, wann immer es ihnen möglich ist.
En ze voelen de behoefte om hun zin te krijgen wanneer ze maar kunnen.
Vielleicht wollte sie ihn deshalb heimlich sabotieren.
Misschien wilde ze hem daarom in het geheim saboteren.
Noch furchterregender ist er, wenn er an den Wänden entlangkriecht.
Hij is nog angstaanjagender als hij over de muren kruipt.
Die Eltern trauten sich nicht mehr, das Zimmer zu betreten.
De ouders durfden de kamer niet meer binnen te gaan.
Sie wäre tatsächlich die alleinige Betreuerin ihres Bruders.
Zij zou werkelijk de enige verzorger van haar broer zijn.
Sie ließ sich von ihrer Mutter nicht umstimmen.
Ze liet zich niet door haar moeder overhalen om van gedachten te veranderen.
Gregors Mutter fühlte sich in dem Zimmer bereits unwohl.
Gregors moeder voelde zich al ongemakkelijk in de kamer.
Sie hörte bald auf zu sprechen und half ihrer Tochter erneut.
Ze hield al snel op met praten en hielp haar dochter weer.
Mit ihren letzten Kräften entfernten sie den Kleiderschrank.
Met hun resterende krachten verwijderden ze de kledingkast.
Auf die Kommode konnte er verzichten.
De ladekast kon hij wel missen.
Der Schreibtisch musste aber vorerst dort bleiben.
Maar het bureau moest voorlopig nog blijven staan.
Während die Frauen weg waren, versuchte er, sich einen Überblick über den Raum zu verschaffen.
Terwijl de vrouwen weg waren, probeerde hij de kamer te inspecteren.
Und Gregor streckte seinen Kopf unter dem Sofa hervor.
En Gregor stak zijn hoofd onder de bank vandaan.
Er musste sehen, was er in dieser Situation tun konnte.
Hij moest kijken wat hij aan de situatie kon doen.
Aber er war so vorsichtig und rücksichtsvoll wie möglich.
Maar hij was zo voorzichtig en attent mogelijk.
Leider war es die Mutter, die zuerst zurückkehrte.

Helaas was het de moeder die als eerste terugkeerde.

Grete war noch dabei, den Kleiderschrank im Nebenzimmer umzustellen.

Grete was nog steeds bezig met het verplaatsen van de kledingkast in de kamer ernaast.

Die Mutter war den Anblick Gregors jedoch nicht gewohnt.

Maar de moeder was niet gewend aan de aanblik van Gregor.

Schon ein flüchtiger Blick auf ihn hätte sie krank machen können.

Zelfs een vluchtige blik op hem had haar al ziek kunnen maken.

Gregor eilte rückwärts zum anderen Ende des Sofas.

Gregor haastte zich achteruit naar het uiteinde van de bank.

Aber er konnte sich nicht zurücklehnen und das Bettlaken ausbalancieren.

Maar hij kon niet achteruit stappen en het laken in evenwicht houden.

Die Bewegung reichte aus, um die Aufmerksamkeit der Mutter zu erregen.

De beweging was voldoende om de aandacht van de moeder te trekken.

Sie hielt inne und verharrte einen kurzen Moment ganz still.

Ze pauzeerde en bleef een kort moment volkomen stil staan.

Dann drehte sie sich um und verließ das Zimmer wieder.

Vervolgens draaide ze zich om en verliet de kamer weer.

Gregor redete sich immer wieder ein, dass nichts Ungewöhnliches passiert sei.

Gregor bleef zichzelf voorhouden dat er niets ongewoons was gebeurd.

„Es handelt sich lediglich um ein paar Möbelstücke, die weggebracht wurden."

"Het gaat alleen om wat meubilair dat is weggehaald."

Doch schon bald musste er zugeben, dass ihn die Ereignisse mitgenommen hatten.

Maar hij moest al snel toegeven dat de gebeurtenissen hem hadden geraakt.

Die Frauen hatten alles, was sie taten, auch gesagt.

De vrouwen hadden alles verteld wat ze aan het doen waren.
Sie waren im Zimmer auf und ab gegangen.
Ze liepen de hele tijd heen en weer door de kamer.
Das Kratzen aller Möbelstücke auf dem Boden.
Het gekras van alle meubels op de vloer.
Er hatte das Gefühl, von allen Seiten angegriffen zu werden.
Hij had het gevoel dat hij van alle kanten werd aangevallen.
Er zog Kopf und Beine so fest wie möglich an.
Hij trok zijn hoofd en benen zo strak mogelijk in.
Mit aller Kraft presste er seinen Körper zu Boden.
Met al zijn kracht drukte hij zijn lichaam tegen de grond.
Er wusste, dass er das alles nicht mehr lange aushalten konnte.
Hij wist dat hij dit niet veel langer kon volhouden.
Sie räumten sein Zimmer aus und nahmen alles mit, was ihm lieb und teuer war.
Ze hebben zijn kamer leeggehaald en alles meegenomen waar hij van hield.
Sie hatten bereits die Kiste mit all seinen Werkzeugen mitgenommen.
Ze hadden de doos met al zijn gereedschap al meegenomen.
Nun lockerten sie seinen schweren Schreibtisch vom Boden.
Nu waren ze bezig zijn zware bureau van de grond te tillen.
Der Schreibtisch, an dem er nach seiner Rückkehr von der Arbeit gearbeitet hatte.
Het bureau waaraan hij had gewerkt nadat hij van zijn werk thuiskwam.
Der Schreibtisch, an dem er seine Geschäftsaufgaben erledigt hatte.
Het bureau waarop hij zijn zakelijke opdrachten had geschreven.
Der Schreibtisch, an dem er in der Sekundarschule seine Hausaufgaben gemacht hatte.
Het bureau waaraan hij op de middelbare school zijn huiswerk maakte.
Ja, diesen Schreibtisch hatte er schon in der Grundschule.
Ja, hij had dit bureau al op de basisschool gehad.

Er hatte wirklich keine Zeit, sich von ihren guten Absichten zu überzeugen.
Hij had echt geen tijd om hun goede bedoelingen te bevestigen.
Obwohl er beinahe vergessen hatte, dass sie überhaupt da waren.
Hoewel hij bijna vergeten was dat ze er waren.
Weil sie vor Erschöpfung still arbeiteten.
Omdat ze door uitputting in stilte aan het werk waren.
Sie waren zu müde, um ihre Bewegungen jetzt noch bekannt zu geben.
Ze waren te moe om hun bewegingen nu nog aan te kondigen.
Alles, was er hörte, waren ihre schweren Schritte auf dem Boden.
Het enige wat hij hoorde waren hun zware voetstappen op de vloer.
Genau in diesem Moment lehnten sie an der Kiste.
Precies op dat moment leunden ze tegen de doos.
Und da kam Gregor unter dem Sofa hervor.
En toen kwam Gregor onder de bank vandaan.
Er änderte viermal seine Laufrichtung.
Hij veranderde vier keer van richting waarin hij rende.
Er konnte sich nicht entscheiden, welcher Gegenstand zuerst gerettet werden musste.
Hij kon niet beslissen welk voorwerp als eerste gered moest worden.
Plötzlich richtete sich sein Blick auf die leere Wand.
Plotseling werd zijn aandacht getrokken door de lege muur.
Alles, was sie ihm hinterlassen hatten, war das Bild der Dame im Pelzmantel.
Het enige dat ze hem hadden nagelaten was de foto van de dame in de bontjas.
Er kroch zu dem Bild und drückte seinen Körper an sie.
Hij kroop naar het schilderij om zijn lichaam tegen haar aan te drukken.
Und sein Körper verdeckte vollständig das Bild.
En zijn lichaam bedekte het hele beeld.

Das Glas stützte ihn und kühlte seinen heißen Bauch.
Het glas hield hem overeind en bood verkoeling aan zijn hete buik.
Dieses Foto konnte ihm nicht mehr abgenommen werden.
Deze foto kon hem niet meer afgenomen worden.
Dann wandte er den Kopf zur Wohnzimmertür.
Vervolgens draaide hij zijn hoofd naar de deur van de woonkamer.
Er wollte zusehen, wie die Frauen ins Zimmer zurückkehrten.
Hij zou toekijken hoe de vrouwen terugkeerden naar de kamer.
Und sie ruhten sich nicht lange aus, bevor sie wieder zurückkehrten.
En ze rustten niet lang uit voordat ze weer terugkwamen.
Grete hatte den Arm um ihre Mutter gelegt, um ihr beim Gehen zu helfen.
Grete had haar arm om haar moeder heen geslagen om haar te helpen lopen.
„Was sollen wir denn jetzt nehmen?", fragte Grete und blickte sich um.
'Wat zullen we nu nemen?' vroeg Grete en keek om zich heen.
Genau in diesem Moment trafen sich ihre Blicke mit Gregors.
Precies op dat moment kruiste haar blik die van Gregor.
Trotz des Schocks behielt sie die Fassung.
Ondanks de schok behield ze haar kalmte.
Vermutlich nur wegen der Anwesenheit ihrer Mutter.
Waarschijnlijk alleen vanwege de aanwezigheid van haar moeder.
Sie neigte ihr Gesicht zu ihrer Mutter und verdeckte ihr die Sicht.
Ze boog haar gezicht naar haar moeder toe, zodat ze haar niet kon zien.
Und dann sagte sie, zitternd und gedankenlos:
En toen zei ze, hoewel ze trilde en niet goed nadacht:

"Kommt schon, sollten wir nicht zurück ins Wohnzimmer gehen?"

"Kom op, zullen we niet teruggaan naar de woonkamer?"

Gregor konnte die Absichten der Schwester leicht verstehen.

Gregor kon de bedoelingen van de zus gemakkelijk begrijpen.

Ihre oberste Priorität war es, ihre Mutter in Sicherheit zu bringen.

Haar eerste prioriteit was om haar moeder in veiligheid te brengen.

Aber dann wollte sie ihn von der Mauer herunterjagen.

Maar dan zou ze hem van de muur af achtervolgen.

„Nun, sie kann es ja versuchen!", dachte Gregor bei sich.

"Nou, ze kan het in ieder geval proberen!" dacht Gregor bij zichzelf.

Er behielt sein Bild fest im Blick und gab es nicht her.

Hij bleef stevig op zijn foto zitten en gaf hem niet op.

Am liebsten wäre er der Schwester ins Gesicht gesprungen.

Hij had liever recht in het gezicht van zijn zus gesprongen.

Doch Gretes Worte hatten ihre Mutter noch mehr beunruhigt.

Maar Gretes woorden hadden haar moeder nog meer zorgen gebaard.

Sie trat beiseite, um zu sehen, was vor ihr verborgen wurde.

Ze stapte opzij om te zien wat er voor haar verborgen werd gehouden.

Und sie sah den braunen Fleck auf der geblümten Tapete.

En ze zag de bruine vlek op het bloemenbehang.

Und sie schrie auf, noch bevor sie merkte, dass es Gregor war.

En ze gilde nog voordat ze zich realiseerde dat het Gregor was.

"Oh Gott", schrie sie mit ausgestreckten Armen.

"Oh mijn God," schreeuwde ze met haar armen wijd open.

Und sie sank auf die Couch, als hätte sie aufgegeben.

En ze liet zich op de bank vallen alsof ze het had opgegeven.

„Gregor!", rief die Schwester ihm mit erhobener Faust zu.

"Gregor!" riep de zus hem toe met gebalde vuist.

Und sie warf ihm einen langen, harten und durchdringenden Blick zu.
En ze gaf hem een lange, indringende blik.
Dies war das erste Mal, dass sie direkt mit ihm gesprochen hatte.
Dit was de eerste keer dat ze rechtstreeks met hem sprak.
Sie rannte ins Nebenzimmer, um Riechsalz zu holen.
Ze rende naar de volgende kamer om wat reukzout te halen.
Sie musste ihre Mutter wieder zum Bewusstsein bringen.
Ze moest haar moeder weer bij bewustzijn brengen.
Gregor wollte helfen, er konnte das Bild später aufbewahren.
Gregor wilde helpen, hij kon de foto later nog opslaan.
Doch er war fest an der Glasscheibe festgeklebt.
Maar hij zat muurvast aan het glas.
Deshalb musste er sich mit großer Kraft losreißen.
Hij moest zich dus met veel kracht losrukken.
Auch er rannte in den nächsten Raum, wo sich die Schwester befand.
Ook hij rende naar de volgende kamer, waar de zus was.
Früher hätte er ihr vielleicht einen Rat geben können.
Vroeger had hij haar wellicht wat advies kunnen geven.
Doch nun konnte er nichts anderes tun, als tatenlos zuzusehen.
Maar nu kon hij niets anders doen dan werkeloos toekijken.
Sie durchwühlte die Schublade und öffnete verschiedene Flaschen.
Ze rommelde in de la en opende verschillende flessen.
Und er erschreckte sie immer noch, als sie sich umdrehte.
En hij maakte haar nog steeds bang toen ze zich omdraaide.
Eine Flasche fiel zu Boden, zerbrach und splitterte.
Een fles viel op de grond, brak en spatte in stukken.
Ein Glassplitter traf Gregor im Gesicht und verletzte ihn.
Een glasscherf raakte Gregor in zijn gezicht en verwondde hem.
Die Flasche hatte eine Art ätzende Flüssigkeit enthalten.
De fles bevatte een of andere bijtende vloeistof.

Und nun brannte die ätzende Flüssigkeit auf Gregors Gesicht.

En nu brandde de bijtende vloeistof op Gregors gezicht.

Die Schwester hatte jedoch im Moment keine Zeit für Gregor.

De zus had echter op dit moment geen tijd voor Gregor.

Sie sammelte so viele Flaschen ein, wie sie tragen konnte.

Ze raapte zoveel mogelijk flessen op.

Und sie rannte mit der Medizin zurück zu ihrer Mutter.

En ze rende met de medicijnen terug naar haar moeder.

Sie schlug die Tür mit dem Fuß zu und schloss Gregor aus.

Ze smeet de deur met haar voet dicht en sloot Gregor buiten.

Nun war er von seiner möglicherweise sterbenden Mutter abgeschnitten.

Hij was nu afgesneden van zijn mogelijk stervende moeder.

Wenn er die Tür öffnete, würde er die Schwester verjagen.

Als hij de deur opendeed, zou hij zijn zus wegjagen.

Aber natürlich musste sie bleiben, um sich um die Mutter zu kümmern.

Maar ze moest natuurlijk wel blijven om voor de moeder te zorgen.

Es gab für ihn nichts anderes zu tun, als auf sie zu warten.

Hij kon nu niets anders doen dan op hen wachten.

Von Selbstvorwürfen und Angst geplagt, begann er zu kriechen.

Geplaagd door zelfverwijt en angst begon hij te kruipen.

Er kroch überall hin; an Wänden, Möbeln, der Decke.

Hij kroop overal rond; tegen de muren, meubels, het plafond.

Er hatte das Gefühl, als würde sich der ganze Raum um ihn drehen.

Hij had het gevoel dat de hele kamer om hem heen draaide.

Schließlich fiel er, verzweifelt und schwindlig, wieder zu Boden.

Uiteindelijk, in wanhoop en duizeligheid, viel hij weer neer.

Und er fiel direkt auf den großen Esstisch.

En hij viel precies bovenop de grote eettafel.

Er lag eine Weile da, betäubt und unfähig sich zu bewegen.

Hij lag daar enige tijd verdoofd en niet in staat om te bewegen.
Er war erschöpft von all dem, was ihm dieser Tag gebracht hatte.
Hij was uitgeput door alles wat deze dag hem had gebracht.
Es herrschte ringsum Stille, aber vielleicht war das ein gutes Zeichen.
Het was overal stil, maar misschien was dat wel een goed teken.
Dann zerriss das Klingeln an der Haustür die Stille.
Toen, abrupt onderbroken door de stilte, ging de deurbel.
Das Dienstmädchen hatte sich natürlich in ihrer Küche eingeschlossen.
De dienstmeid had zich uiteraard in haar keuken opgesloten.
Die Schwester war also die Einzige, die die Tür öffnen konnte.
De zus was dus de enige die de deur kon openen.
„Was ist passiert?", fragte der Vater als Erstes.
'Wat is er gebeurd?' was het eerste wat de vader vroeg.
Gretes Erscheinung hatte ihm wahrscheinlich alles verraten.
Grete's uiterlijk had hem waarschijnlijk alles verteld.
Gretes Stimme wurde beim Sprechen gedämpft und dumpf.
Grete's stem klonk gedempt en dof toen ze sprak.
Sie muss ihr Gesicht an die Brust ihres Vaters gedrückt haben.
Ze moet haar gezicht tegen de borst van haar vader hebben gedrukt.
„Mutter war bewusstlos, aber es geht ihr jetzt besser."
"Moeder was bewusteloos, maar ze voelt zich nu beter."
„Gregor ist entkommen", fügte sie hinzu, was er auch erwartet hatte.
"Gregor is ontsnapt," voegde ze eraan toe, wat hij al had verwacht.
"Ich habe dir doch immer gesagt, dass er eines Tages ausbrechen würde."
"Ik heb je altijd gezegd dat hij op een dag zou ontsnappen."
„Aber ihr Frauen wolltet mir ja nicht zuhören, nicht wahr?"
"Maar jullie vrouwen wilden niet naar me luisteren, hè?"

Gregor erkannte schnell, wie sein Vater die Dinge sehen würde.

Gregor begreep al snel hoe zijn vader de dingen zou zien.

Er hatte Gretes allzu kurze Nachricht falsch interpretiert.

Hij had Grete's veel te korte boodschap verkeerd begrepen.

Er nahm an, Gregor habe eine Gewalttat begangen.

Hij ging ervan uit dat Gregor een of andere gewelddadige daad had begaan.

Gregor musste einen Weg finden, seinen Vater irgendwie zu besänftigen.

Gregor moest een manier vinden om zijn vader tevreden te stellen.

Weil er keine Zeit hatte, ihm die Dinge zu erklären.

Omdat hij geen tijd had om het hem uit te leggen.

Aber er hätte die Dinge ohnehin nicht erklären können.

Maar hij had het sowieso niet kunnen uitleggen.

Da flüchtete er zur Tür und drückte sich dagegen.

Dus vluchtte hij naar de deur en drukte zich ertegenaan.

So konnte sein Vater ihn vom Vorzimmer aus sehen.

Op die manier kon zijn vader hem vanuit de voorkamer zien.

Und er würde erkennen, dass er die besten Absichten hatte.

En hij zou kunnen inzien dat hij de beste bedoelingen had.

Es war nicht nötig, ihn mit einem Besen zurückzudrängen.

Het was niet nodig om hem met een bezem terug te duwen.

Der Vater hätte lediglich die Tür öffnen müssen.

Het enige wat de vader had hoeven doen, was de deur openen.

Doch er hatte keine Lust, solche Feinheiten zu bemerken.

Maar hij was niet in de stemming om zulke subtiliteiten op te merken.

"Da bist du ja!", rief er, sobald er eingetreten war.

"Daar ben je!" riep hij uit zodra hij binnenkwam.

Es war, als wäre er gleichzeitig wütend und glücklich.

Het was alsof hij tegelijkertijd boos en blij was.

Er zog den Kopf zurück und blickte zu seinem Vater auf.

Hij trok zijn hoofd achterover en keek op naar zijn vader.

Er hatte sich seinen Vater nicht so vorgestellt.

Hij had zich niet kunnen voorstellen dat zijn vader daar zo zou staan.

Doch in letzter Zeit hatte er eine neue Ablenkung gefunden.

Maar hij had de laatste tijd een nieuwe afleiding gevonden.

Das Herumkriechen nahm nun einen großen Teil seines Tages ein.

Het rondkruipen nam nu een groot deel van zijn dag in beslag.

Zuvor hatte er alle Neuigkeiten in der Wohnung im Blick behalten.

Voorheen hield hij al het nieuws in het appartement nauwlettend in de gaten.

Aber in letzter Zeit hatte er nicht mehr so genau darauf geachtet.

Maar hij had er de laatste tijd niet zoveel aandacht aan besteed.

Er hätte auf Veränderungen vorbereitet sein müssen.

Hij had zich moeten voorbereiden op veranderingen.

Aber war dieser Mann vor ihm noch der Vater?

Was deze man die voor hem stond desondanks nog steeds zijn vader?

War er noch derselbe Mann, der früher müde in seinem Bett lag?

Was hij nog steeds dezelfde man die vroeger zo moe in bed lag?

Als Gregor bereits auf Geschäftsreise war.

Toen Gregor al op zakenreis was.

War er derselbe Mann, der ihn abends begrüßte?

Was hij dezelfde man die hem 's avonds begroette?

Als er in seinem Morgenmantel in seinem Sessel saß.

Toen hij in zijn kamerjas in zijn fauteuil zat.

War er derselbe Mann, der nicht aufstehen konnte, um ihn zu begrüßen?

Was hij dezelfde man die niet kon opstaan om hem te verwelkomen?

So blieb er sitzen und hob freudig den Arm.

Hij bleef dus zitten en stak zijn arm op als teken van vreugde.

War er derselbe Mann, mit dem er gelegentlich spazieren ging?

Was hij dezelfde man met wie hij af en toe ging wandelen?

In seltenen Fällen: an einigen Sonntagen im Jahr oder an Feiertagen.

Bij zeldzame gelegenheden: een paar zondagen per jaar, of op feestdagen.

War er derselbe Mann, der in seinen Mantel gehüllt herüberkam?

Was hij dezelfde man die rondliep, gehuld in zijn overjas?

Musste er sich langsam zwischen Mutter und ihm vorwärtsarbeiten?

Heeft hij zich langzaam voortbewogen, tussen zijn moeder en hem in?

Und sie gingen seinetwegen bereits langsam.

En ze liepen door hem al langzaam.

Doch nun stand dieser Mann stark und aufrecht.

Maar nu stond deze man stevig en rechtop.

Er trug eine blaue Uniform mit goldenen Knöpfen.

Hij droeg een blauw uniform met gouden knopen.

Knöpfe, die die Angestellten der Bankinstitute tragen.

Knopen die de bedienden van de bankinstellingen dragen.

Über dem steifen Kragen trat sein markantes Doppelkinn hervor.

Boven de stijve kraag kwam zijn sterke dubbele kin tevoorschijn.

Unter seinen buschigen Augenbrauen blickten seine schwarzen Augen hervor.

Onder zijn borstelige wenkbrauwen keken zijn zwarte ogen naar buiten.

Seine Augen wirkten nun durchdringend, frisch und aufmerksam.

Nu keken zijn ogen doordringend, fris en alert.

Das zuvor zerzauste weiße Haar wurde glatt gekämmt.

Het voorheen warrige witte haar werd naar beneden gekamd.

Und sein Haar hatte nun einen sorgfältigen Mittelscheitel.

En zijn haar was nu netjes in het midden gescheiden.

Er warf seinen Hut weg, der mit einem goldenen Monogramm verziert war.

Hij gooide zijn hoed weg, die was versierd met een gouden monogram.

Es handelte sich wahrscheinlich um das Monogramm der Bank, für die er arbeitete.

Het was waarschijnlijk het monogram van de bank waar hij werkte.

Und der Hut landete auf dem Sofa, um später weggeräumt zu werden.

En de hoed belandde op de bank, om later opgeborgen te worden.

Er schob den Saum der langen Uniformjacke zurück.

Hij schoof de onderkant van het lange uniformjasje naar achteren.

Und er steckte seine Daumen in die Hosentaschen.

En hij stak zijn duimen in zijn broekzakken.

Und dann ging er mit finsterer Miene auf Gregor zu.

En vervolgens liep hij met een grimmig gezicht naar Gregor toe.

Er wusste wahrscheinlich selbst noch nicht, was er vorhatte.

Hij wist waarschijnlijk zelf niet eens wat hij van plan was.

Dennoch hob er die Füße ungewöhnlich hoch.

Maar desondanks hief hij zijn voeten ongewoon hoog op.

Gregor staunte über die enorme Größe seiner Stiefel.

Gregor was verbaasd over de enorme afmetingen van zijn laarzen.

Doch dafür blieb wirklich keine Zeit, seine Schuhe zu bewundern.

Maar er was eigenlijk geen tijd om zijn schoenen te bewonderen.

Der Vater hatte sich für eine sehr strenge Disziplin entschieden.

De vader had besloten tot een zeer strenge discipline.

Für Gregor war nur die größtmögliche Strenge angemessen.

Alleen de zwaarste straf was op zijn plaats voor Gregor.

Das wusste er vom ersten Tag seiner Verwandlung an.

Hij wist dit al vanaf de eerste dag van zijn transformatie.

Er rannte zu seinem Vater und blieb stehen, als dieser stehen blieb.

Hij rende naar zijn vader en bleef staan toen die ook stopte.

Als er sich wieder bewegte, huschte er erneut auf ihn zu.

Hij snelde weer naar hem toe toen die zich opnieuw bewoog.

Der Vater hielt einen Moment inne, und Gregor tat es ihm gleich.

De vader aarzelde even, en Gregor deed hetzelfde.

Und sobald sich sein Vater bewegte, stürmte er wieder vorwärts.

En zodra zijn vader zich verplaatste, snelde hij weer naar voren.

Auf diese Weise gingen sie mehrmals im Kreis um den Raum.

Op deze manier liepen ze meerdere keren in een cirkel door de kamer.

Bislang hatte noch niemand einen entscheidenden Vorteil errungen.

Nog niemand had een doorslaggevend voordeel behaald.

Man konnte nicht den Eindruck einer Verfolgungsjagd gewinnen.

Men kon onmogelijk de indruk krijgen dat er sprake was van een achtervolging.

Weil das ganze Geschehen viel zu langsam vonstatten ging.

Omdat het hele evenement veel te langzaam verliep.

Gregor hatte beschlossen, am Boden zu bleiben.

Gregor had besloten dat hij op de grond zou blijven.

Er hätte die Wände hoch und an der Decke entlanglaufen können.

Hij had tegen de muren en over het plafond kunnen rennen.

Er wollte den Vater aber nicht unnötig provozieren.

Maar hij wilde de vader niet onnodig provoceren.

Eine solche Flucht hätte besonders verwerflich erscheinen können.

Zo'n ontsnapping zou bijzonder kwaadaardig hebben geleken.

Gregor räumte ein, dass diese Jagd nicht mehr lange dauern könne.
Gregor gaf toe dat deze achtervolging niet veel langer kon duren.
Jeder Schritt erforderte eine Vielzahl von Bewegungen.
Elke stap vereiste een veelheid aan bewegingen.
Er begann bereits Atemnot zu verspüren.
Hij begon al last te krijgen van kortademigheid.
Schon vorher hatte er nie absolut zuverlässige Lungen gehabt.
Ook voorheen had hij nooit volledig betrouwbare longen.
Er taumelte dahin und sparte seine Kräfte für den Lauf.
Hij strompelde voort en spaarde zijn krachten voor het hardlopen.
Er war so müde, dass er die Augen kaum noch offen halten konnte.
Hij was zo moe dat hij zijn ogen nauwelijks open kon houden.
Seine Gedanken verlangsamten sich zu sehr, um an andere Fluchtmöglichkeiten zu denken.
Zijn gedachten werden te traag om nog aan andere ontsnappingsmogelijkheden te denken.
Er hatte fast vergessen, dass ihm die Wände zur Verfügung standen.
Hij was bijna vergeten dat hij de muren tot zijn beschikking had.
Die Wände waren aber ohnehin hinter Möbeln verborgen.
Maar de muren waren sowieso achter meubels verborgen.
Und die Möbel wiesen zu viele Kerben und Vorsprünge auf.
En het meubilair had te veel inkepingen en uitsteeksels.
Und dann, direkt neben ihm, rollte ein Apfel.
En toen, vlak naast hem, lag er een appel te rollen.
Ihm wurde klar, dass der Apfel nach ihm geworfen worden sein musste.
De appel moet naar hem gegooid zijn, besefte hij.
Doch er hatte keine Zeit zum Nachdenken, da kam schon der nächste Apfel.

Maar hij had geen tijd om na te denken voordat er weer een appel kwam.

Gregor erstarrte vor Schreck über die neue Strategie seines Vaters.

Gregor verstijfde van schrik door de nieuwe strategie van zijn vader.

Er konnte durch einen Fluchtversuch nichts mehr gewinnen.

Hij had er niets meer aan om te proberen weg te rennen.

Der Vater hatte beschlossen, ihn mit Früchten zu überhäufen.

De vader had besloten hem te overladen met fruit.

Er hatte sich die Taschen mit Obst aus der Küchenschale gefüllt.

Hij had zijn zakken gevuld met fruit uit de fruitschaal in de keuken.

Ohne besonders darauf zu zielen, warf er Apfel um Apfel.

Zonder specifiek doel te treffen, gooide hij de ene appel na de andere.

Diese kleinen roten Äpfel rollten auf dem Boden herum.

Deze kleine rode appeltjes rolden over de grond.

Wie von einem Stromschlag getroffen, stießen die Äpfel aneinander.

Alsof ze onder stroom stonden, botsten de appels tegen elkaar aan.

Einer der schwach geworfenen Äpfel streifte Gregors Rücken.

Een van de zwak gegooide appels raakte Gregors rug.

Zum Glück für ihn rutschte der Apfel harmlos herunter.

Gelukkig voor hem gleed die appel er ongedeerd af.

Der anschließend geworfene Apfel traf jedoch genauer.

De appel die daarna werd gegooid, was echter nauwkeuriger.

Und dieser Apfel blieb tief in Gregors Rücken stecken.

En deze appel boorde zich diep in Gregors rug.

Gregor wollte sich vor dem Schmerz davonreißen.

Gregor wilde zich losrukken van de pijn.

Vielleicht ließe sich diesem neuen, unvorstellbaren Schmerz entkommen.

Misschien is er wel een manier om aan deze nieuwe,
onvoorstelbare pijn te ontsnappen.
Vielleicht würde ein Ortswechsel seine Qualen lindern.
Misschien zou een verandering van locatie zijn lijden
verlichten.
Aber er fühlte sich, als wäre er am Boden festgenagelt.
Maar hij had het gevoel alsof hij aan de vloer vastgenageld
was.
Er streckte sich aus, aber nur aufgrund seiner Verwirrung.
Hij strekte zich uit, maar alleen omdat hij in de war was.
Erst mit seinem letzten Blick sah er, wie sich die Tür öffnete.
Pas bij zijn laatste blik zag hij de deur opengaan.
Die Mutter stürzte vor die schreiende Schwester hinaus.
De moeder snelde naar buiten, voor haar gillende zus.
**Die Schwester hatte sie ausgezogen, sodass sie nur noch ihr
Hemd trug.**
De zus had haar uitgekleed, dus ze stond nu in haar hemd.
Sie hatte in ihrer Bewusstlosigkeit Freiraum gebraucht.
Ze had even ademruimte nodig gehad tijdens haar
bewusteloosheid.
Er sah noch, wie die Mutter auf den Vater zulief.
Hij zag nog steeds hoe de moeder naar de vader toe rende.
Ihre Röcke rutschten einer nach dem anderen zu Boden.
Haar rokken gleed een voor een naar de grond.
**Er sah, wie sie auf den Vater zuging und über ihren Rock
stolperte.**
Hij zag haar de vader naderen en over haar rok struikelen.
**Sie umarmte ihn und bat darum, Gregors Leben zu
verschonen.**
Ze omhelsde hem en smeekte of Gregors leven gespaard
mocht worden.
**In völliger Einheit mit seinem Körper versagte auch sein
Augenlicht.**
In volledige versmelting met zijn lichaam liet zijn
gezichtsvermogen hem in de steek.

Teil Drei

Deel drie

Gregor litt über einen Monat lang unter der schweren Verletzung.

Gregor heeft meer dan een maand lang ernstig letsel opgelopen.

Der Apfel steckte fest; niemand wagte es, ihn zu entfernen.

De appel bleef vastzitten; niemand durfde hem eruit te halen.

Der Apfel blieb als sichtbare Erinnerung in seinem Fleisch zurück.

De appel bleef in zijn vlees achter als een zichtbare herinnering.

Der Apfel diente dem Vater aber auch als Erinnerung.

Maar de appel diende ook als een herinnering voor de vader.

Ihm wurde klar, dass Gregor nicht wie ein Feind behandelt werden sollte.

Hij besefte dat Gregor niet als een vijand behandeld moest worden.

Im Moment mag sein Erscheinungsbild traurig und abstoßend wirken.

Momenteel kan zijn uiterlijk treurig en walgelijk zijn.

Aber dennoch war er ein Mitglied ihrer Familie.

Maar desondanks bleef hij deel uitmaken van hun familie.

Der Widerwille musste überwunden und toleriert werden.

De tegenzin moest worden ingeslikt en verdragen.

Aufgrund seiner Verletzung könnte seine Beweglichkeit für immer verloren sein.

Door zijn verwonding is de kans groot dat hij voorgoed zijn mobiliteit verliest.

Er kroch immer noch in seinem Zimmer herum, aber viel langsamer.

Hij kroop nog steeds rond in zijn kamer, maar veel langzamer.

Kriechen in irgendeiner Höhe war völlig ausgeschlossen.

Kruipen op welke hoogte dan ook was uitgesloten.

Gregor erhielt jedoch eine Form der Entschädigung.

Maar Gregor ontving wel een vorm van compensatie.

Am Abend wurde ihm die Wohnzimmertür geöffnet.
's Avonds werd de deur van de woonkamer voor hem
geopend.
**Und er war der Ansicht, dass diese
Wiedergutmachungszahlungen vollkommen angemessen
seien.**
En hij vond dat deze schadevergoedingen volkomen
toereikend waren.
**Noch vor Einbruch der Dunkelheit begann er, die Tür zu
beobachten.**
Voordat het avond werd, hield hij de deur al in de gaten.
Er lag in der Dunkelheit, vom Wohnzimmer aus unsichtbar.
Hij lag in het donker, onzichtbaar vanuit de woonkamer.
**Er konnte die ganze Familie an dem beleuchteten Tisch
sehen.**
Hij kon het hele gezin aan de verlichte tafel zien zitten.
Nun durfte er ihren Gesprächen zuhören.
Hij mocht nu naar hun gesprekken luisteren.
**Dies unterschied sich deutlich von ihrer vorherigen
Vereinbarung.**
Dit was heel anders dan hun vorige afspraak.
**Die lebhaften Gespräche vergangener Zeiten waren
verstummt.**
De levendige gesprekken van vroeger waren voorbij.
**Das waren die Gespräche, nach denen er sich immer gesehnt
hatte.**
Dit waren de gesprekken waar hij zo naar verlangde.
Als er allein in kleinen Hotelzimmern schlief.
Toen hij alleen sliep in kleine hotelkamers.
Als er sich in die feuchte Bettwäsche werfen musste.
Toen hij zich in het vochtige beddengoed moest werpen.
Die Abende verliefen nun meist ruhig und ereignislos.
Maar de avonden waren nu meestal rustig en zonder
noemenswaardige gebeurtenissen.
**Der Vater schlief nach dem Abendessen in seinem Sessel
ein.**
De vader viel na het eten in slaap in zijn fauteuil.

Und Mutter und Schwester ermahnten einander zur Stille.
En de moeder en de zus maanden elkaar tot stilte.
Die Mutter beugte sich weit über die Lampe und nähte Leinen.
De moeder, die ver over de lamp heen gebogen stond, naaide linnen.
Sie entwirft jetzt Kleider für eines der Modegeschäfte.
Ze maakt nu jurken voor een van de modezaken.
Wie Gregor hatte auch die Schwester eine Stelle als Verkäuferin angenommen.
Net als Gregor had de zus een baan als verkoopster aangenomen.
Sie lernte abends Stenografie und Französisch.
's Avonds leerde ze steno en Frans.
Damit sie später vielleicht eine bessere Arbeitsstelle bekommen könnte.
Zodat ze later misschien een betere baan zou kunnen krijgen.
Manchmal wachte der Vater von seinem abendlichen Nickerchen auf.
Soms werd de vader wakker uit zijn middagdutje.
"Liebling, du nähst heute schon so lange!"
"Lieverd, je bent vandaag al zo lang aan het naaien!"
Er schien vergessen zu haben, dass er geschlafen hatte.
Hij leek vergeten te zijn dat hij had geslapen.
Doch er fiel sofort wieder in seinen Schlaf zurück.
Maar hij viel onmiddellijk weer in slaap.
Und Mutter und Schwester lächelten einander müde an.
En de moeder en zus glimlachten vermoeid naar elkaar.
Der Vater hatte eine seltsame neue Sturheit entwickelt.
De vader had een vreemde, nieuwe koppigheid ontwikkeld.
Selbst zu Hause weigerte er sich, seine Dieneruniform auszuziehen.
Zelfs thuis weigerde hij zijn dienstuniform uit te trekken.
Und sein Morgenmantel hing nutzlos am Kleiderbügel.
En zijn ochtendjas hing nutteloos aan de hanger.
So schlief der Vater, vollständig bekleidet, in seinem Sessel.
De vader sliep dus, volledig aangekleed, in zijn fauteuil.

Es war, als ob er immer bereit wäre, seinen Dienst zu leisten.

Het was alsof hij altijd klaarstond om zijn diensten aan te bieden.

Als ob er nur auf die Stimme seines Vorgesetzten gewartet hätte.

Alsof hij alleen maar wachtte op de stem van zijn meerdere.

Dies führte dazu, dass seine Uniform an Sauberkeit verlor.

Hierdoor raakte zijn uniform ontsierd.

Obwohl die Uniform auch nicht neu war, als er sie bekam.

Hoewel het uniform ook niet nieuw was toen hij het kreeg.

Und die Mutter tat ihr Bestes, um die Uniform zu pflegen.

En de moeder deed haar best om voor het uniform te zorgen.

Gregor verbrachte ganze Abende damit, diese Uniform anzusehen.

Gregor bracht hele avonden door met het bestuderen van dit uniform.

Er beobachtete, wie der alte Mann äußerst unbequem schlief.

Hij keek toe hoe de oude man zeer ongemakkelijk sliep.

Doch im Schlaf bemerkte er auch etwas Friedliches.

Maar tijdens zijn slaap merkte hij ook iets vredigs op.

Als die Uhr zehn schlug, versuchte die Mutter, ihn zu wecken.

Toen de klok tien uur sloeg, probeerde de moeder hem wakker te maken.

Sie sprach leise und überredete ihn, ins Bett zu gehen.

Ze sprak zachtjes en haalde hem over om naar bed te gaan.

Denn auf dem Sessel zu schlafen war kein richtiger Schlaf.

Want slapen in de fauteuil was geen echte slaap.

Er musste um sechs Uhr mit der Arbeit beginnen.

Hij moest om zes uur beginnen met werken.

Deshalb musste er unbedingt so gut wie möglich schlafen.

Hij moest dus echt zo goed mogelijk slapen.

Doch er war von einer neuen Form der Sturheit ergriffen.

Maar hij was in de greep geraakt van een nieuwe vorm van koppigheid.

Die Tatsache, dass er Diener geworden war, hatte begonnen, diese Wirkung auf ihn zu haben.

Het feit dat hij dienstknecht was geworden, begon dit effect op hem te hebben.

Deshalb bestand er immer darauf, länger am Tisch zu bleiben.

Daarom stond hij er altijd op om langer aan tafel te blijven zitten.

Obwohl er regelmäßig wieder in seinem Sessel einschlief.

Hoewel hij regelmatig weer in slaap viel in zijn stoel.

Und er ließ sich nur mit größter Mühe bewegen.

En hij kon alleen met de grootste moeite in beweging worden gebracht.

Man musste ihm erklären, dass das Bett besser für ihn wäre.

Hem moest verteld worden dat het bed beter voor hem zou zijn.

Mutter und Schwester mussten nachdrücklich darauf bestehen, oft mit nur wenigen Vorwarnungen.

Moeder en zus moesten aandringen, ondanks enkele waarschuwingen.

Fünfzehn Minuten lang schüttelte er nur langsam den Kopf.

Vijftien minuten lang schudde hij alleen maar langzaam zijn hoofd.

Und er hielt die Augen geschlossen und weigerte sich aufzustehen.

Hij hield zijn ogen gesloten en weigerde op te staan.

Die Mutter zupfte sanft, aber bestimmt an seinem Ärmel.

De moeder trok zachtjes, maar vastberaden, aan zijn mouw.

Und sie flüsterte ihm schmeichelhafte Worte in seine müden Ohren.

En ze fluisterde vleiende woorden in zijn vermoeide oren.

Die Schwester unterbrach ihre Arbeit, um ihrer Mutter zu helfen.

De zus onderbrak haar werk om haar moeder te helpen.

Doch keiner ihrer Versuche zeigte Wirkung beim Vater.

Maar geen van hun pogingen had effect op de vader.

Er sank noch tiefer in seinen Stuhl, bereit zum Schlafen.

Hij zakte nog dieper weg in zijn stoel, klaar om te slapen.

Und schließlich packten ihn die Frauen unter den Achseln.

En uiteindelijk grepen de vrouwen hem onder zijn oksels.

Er öffnete die Augen und blickte sie abwechselnd an.

Hij opende zijn ogen en keek er afwisselend naar.

„Was für ein Leben!", klagte er beim Zubettgehen.

"Wat een leven toch," klaagde hij voordat hij naar bed ging.

"Ist das der Frieden, der mir im Alter zuteilwurde?"

"Is dit de rust die mij op mijn oude dag geschonken is?"

Doch dann stützte er sich auf die beiden Frauen und stand unbeholfen auf.

Maar toen, leunend op de twee vrouwen, stond hij onhandig op.

Er tat so, als trüge er die schwerste Last.

Hij deed alsof hij de zwaarste last droeg.

Er ließ sich von den beiden Frauen bis ans andere Ende des Raumes führen.

Hij liet zich door de twee vrouwen naar het einde van de kamer leiden.

Dort wünschte er ihnen eine gute Nacht und ging dann allein weiter.

Daar wenste hij hen welterusten en vervolgde zijn weg alleen.

Doch die Mutter warf hastig ihr Nähzeug hin.

Maar de moeder gooide haastig haar naaigerei neer.

Und auch die Schwester legte den Stift und den Notizblock beiseite.

En ook de zus legde de pen en het notitieblok neer.

Und sie liefen hinter dem Vater her, um ihm weiter zu helfen.

En ze renden achter de vader aan om hem verder te helpen.

Wer in dieser überarbeiteten Familie hatte schon Zeit für Gregor?

Wie in dit overwerkte gezin had er tijd voor Gregor?

Wer hätte ihm mehr Aufmerksamkeit schenken können als nötig?

Wie zou hem meer aandacht hebben kunnen geven dan nodig was?

Das Haushaltsbudget wurde zunehmend eingeschränkt.
Het huishoudbudget werd steeds krapper.
Um Geld zu sparen, mussten sie schließlich das Dienstmädchen entlassen.
Uiteindelijk moesten ze, om geld te besparen, de huishoudster ontslaan.
Sie wurde durch eine stämmige, weißhaarige Frau ersetzt.
Ze werd vervangen door een stevig gebouwde vrouw met wit haar.
Diese Frau kam jedoch nur morgens und abends.
Maar deze vrouw kwam alleen 's ochtends en 's avonds.
Und die schwerste und härteste Arbeit wurde ihr aufgehoben.
Al het zwaarste en moeilijkste werk was voor haar bewaard.
Alle anderen Hausarbeiten wurden von der Mutter erledigt.
Alle andere klusjes werden door de moeder gedaan.
Es kam sogar vor, dass verschiedene Familienschmuckstücke verkauft wurden.
Het is zelfs voorgekomen dat diverse familiejewelen werden verkocht.
Schmuck, den die Frauen bei Feierlichkeiten mit Freude getragen hatten.
Sieraden die de vrouwen met plezier droegen tijdens feestelijkheden.
Gregor erfuhr dies in einer der allgemeinen Diskussionen.
Gregor vernam dit tijdens een van de algemene discussies.
Die größte Beschwerde betraf jedoch etwas anderes.
De grootste klacht betrof echter iets anders.
Die Wohnung war zu groß, aber sie konnten nicht ausziehen.
Het appartement was te groot, maar ze konden er niet uit verhuizen.
Es gab keine Möglichkeit, Gregor umzusiedeln.
Het was onmogelijk dat ze Gregor hadden kunnen verplaatsen.
Gregor erkannte jedoch, dass es nicht nur um Rücksichtnahme ging.

Maar Gregor besefte dat het niet alleen om attentie ging.
Etwas anderes hielt sie davon ab, woanders hinzuziehen.
Iets anders belette hen om ergens anders heen te gaan.
Er hätte problemlos in einer geeigneten Kiste transportiert werden können.
Hij had gemakkelijk in een geschikte kist vervoerd kunnen worden.
Ihre Gefühle völliger Hoffnungslosigkeit hielten sie zurück.
Hun gevoel van volkomen hopeloosheid hield hen tegen.
Sie wollten sich nicht eingestehen, dass sie vom Unglück getroffen worden waren.
Ze wilden niet toegeven dat ze door tegenspoed getroffen waren.
Was die Welt von armen Menschen verlangt, das haben sie erfüllt.
Wat de wereld van arme mensen eist, voldeden zij.
Der Vater holte dem kleinen Bankangestellten das Frühstück.
De vader haalde het ontbijt voor de kleine bankbediende.
Die Mutter opferte sich für die Wäsche von Fremden auf.
De moeder offerde zichzelf op voor de was van vreemden.
Die Schwester rannte hin und her, um die Bestellungen der Kunden aufzunehmen.
De zus rende heen en weer om de bestellingen van de klanten op te nemen.
Aber sie hatten einfach nicht mehr die Kraft, irgendetwas weiter zu tun.
Maar ze hadden gewoonweg de kracht niet meer om verder te gaan.
Die Wunde in Gregors Rücken schmerzte nun noch mehr.
De wond op Gregors rug begon steeds meer pijn te doen.
Jeden Abend brachten Mutter und Schwester den Vater ins Bett.
Elke avond brachten moeder en zus de vader naar bed.
Sie ließen ihre Arbeit liegen und setzten sich zusammen.
Ze lieten hun werk liggen en gingen bij elkaar zitten.

Und sie rückten näher zusammen und saßen Wange an Wange.

En ze schoven dichter naar elkaar toe en gingen wang aan wang zitten.

Die Mutter zeigte auf das Zimmer, von dem aus er zusah.

De moeder wees naar de kamer van waaruit hij toekeek.

"Würdest du die Tür schließen?", fragte sie die Schwester.

'Zou je de deur willen sluiten?', vroeg ze aan haar zus.

Und dann war Gregor wieder allein in der Dunkelheit.

En toen bleef Gregor weer alleen achter in het donker.

Und im Nebenzimmer vermischten die Frauen ihre Tränen.

En in de kamer ernaast vermengde de vrouw hun tranen.

Oder sie saßen mit trockenen Augen da und starrten einfach nur auf den Tisch.

Of ze zaten met droge ogen, slechts starend naar de tafel.

Gregor schlief kaum, weder nachts noch tagsüber.

Gregor sliep vrijwel nooit, noch overdag noch 's nachts.

Er dachte oft darüber nach, wie er der Familie helfen könnte.

Hij dacht vaak na over hoe hij het gezin kon helpen.

Er dachte darüber nach, das Geld wieder für sie zu verdienen.

Hij dacht erover na hoe hij het geld weer voor hen kon verdienen.

Er dachte darüber nach, das zu tun, was er früher für sie getan hatte.

Hij dacht eraan om weer te doen wat hij vroeger voor hen deed.

In seinen Gedanken erschien der Bevollmächtigte wieder.

In zijn gedachten keerde de gemachtigde terug.

Und dieses Mal kam auch der Chef in die Wohnung.

En deze keer kwam de baas ook naar het appartement.

Und die Angestellten und die Lehrlinge waren auch da.

En de klerken en de leerlingen waren er ook.

Sogar der etwas begriffsstutzige Büroangestellte kam, um ihn zu sehen.

Zelfs de traag van begrip zijnde kantoorbediende kwam hem opzoeken.

Es waren zwei oder drei Freunde aus anderen Branchen dabei.

Er waren twee of drie vrienden van andere bedrijven.

Eine der Zimmermädchen aus einem Hotel in der Provinz.

Een van de kamermeisjes van een hotel in de provincie.

Eine kostbare und flüchtige Erinnerung, an der er festzuhalten versuchte.

Een dierbare, maar vluchtige herinnering waaraan hij krampachtig probeerde vast te houden.

Eine Kassiererin aus einem Hutgeschäft, für die er Absichten hatte.

Een kassier van een hoedenwinkel op wie hij verliefd was.

Doch er war etwas zu langsam gewesen, um ihre Zustimmung zu gewinnen.

Maar hij was iets te laat geweest om haar goedkeuring te winnen.

Sie alle tauchten in seinen Gedanken auf, vermischt mit Fremden.

Ze doken allemaal op in zijn gedachten, vermengd met vreemden.

Und andere erschienen nicht; sie waren bereits vergessen.

En anderen verschenen niet; ze waren alweer vergeten.

Aber sie halfen weder ihm noch seiner Familie.

Maar ze hielpen hem niet, en ze hielpen het gezin ook niet.

Sie waren unzugänglich, und er war froh, als sie weg waren.

Ze waren onbereikbaar, en hij was blij toen ze vertrokken.

Er war nicht immer in der Stimmung, sich Sorgen um die Familie zu machen.

Hij had niet altijd zin om zich zorgen te maken over het gezin.

Und er war voller Wut über die mangelnde Aufmerksamkeit.

En hij was woedend door het gebrek aan aandacht.

Und er konnte sich nichts vorstellen, worauf er Appetit hätte.

En hij kon zich niets voorstellen waar hij trek in had.

Doch er schmiedete trotzdem Pläne, in die Speisekammer einzubrechen.

Maar hij bleef plannen maken om in de voorraadkast in te
breken.
Und er würde sich alles nehmen, was ihm zustand.
En hij zou alles krijgen wat hem toekwam.
Die Schwester bemühte sich nicht mehr besonders um ihn.
Zijn zus deed niet langer haar best voor hem.
**Sie verschwendete keine Zeit mehr damit, darüber
nachzudenken, wie sie ihm gefallen könnte.**
Ze besteedde geen tijd meer aan de vraag hoe ze hem tevreden
kon stellen.
Vor der Arbeit schob sie schnell etwas zu essen ins Zimmer.
Voordat ze naar haar werk ging, schoof ze snel wat eten de
kamer in.
**Und am Abend kehrte sie die Essensreste schnell wieder
zusammen.**
En 's avonds veegde ze het eten snel weer bij elkaar.
Ob er gegessen hatte oder nicht, bemerkte sie nicht mehr.
Of hij gegeten had of niet, merkte ze niet meer.
In den meisten Fällen blieb das Essen nun unberührt.
Tegenwoordig werd het eten meestal onaangeroerd gelaten.
Abends huschte sie immer noch schnell durch den Raum.
's Avonds liep ze nog steeds snel door de kamer.
**Doch nun tat sie nur das Nötigste, und zwar so schnell wie
möglich.**
Maar nu deed ze het absolute minimum, zo snel mogelijk.
An den Mauern zogen sich Spuren von Schmutz entlang.
Er waren sporen van vuil achtergebleven op de muren.
Auf dem Boden lagen Staub- und Müllklumpen.
Er lagen overal stof- en afvalhopen op de vloer.
Gregor missbilligte ihre Nachlässigkeit.
Gregor liet zijn afkeuring blijken over haar gebrek aan zorg.
Er drehte sich in einem besonders markanten Winkel.
Hij draaide zich in een bijzonder opvallende hoek.
Aber er hätte wochenlang in dieser Position bleiben können.
Maar hij had wekenlang in die positie kunnen blijven.
Seine Schwester hätte seine Unzufriedenheit nicht bemerkt.
Zijn zus zou zijn ontevredenheid niet hebben opgemerkt.

Sie sah den Dreck genauso gut wie er, wenn nicht sogar besser.

Ze zag het vuil net zo goed als hij, zo niet beter.

Aber sie hatte beschlossen, den Dreck dort zu lassen, wo er war.

Maar ze had besloten het vuil te laten liggen waar het was.

Damals entwickelte sie eine völlig neue Sensibilität.

Destijds ontwikkelde ze een compleet nieuwe gevoeligheid.

Sie hatte es sich zur Aufgabe gemacht, Gregors Zimmer zu reinigen.

Ze had het schoonmaken van Gregors kamer tot haar taak gemaakt.

Die Familie war von ihrer freundlichen Rücksichtnahme sehr berührt.

De familie was ontroerd door haar vriendelijke attentheid.

Einst hatte die Mutter sein Zimmer gründlich gereinigt.

Ooit had zijn moeder zijn kamer grondig schoongemaakt.

Erst nachdem sie mehrere Eimer Wasser verbraucht hatte, gelang es ihr.

Pas na het gebruik van een paar emmers water lukte het haar.

Die neu aufgetretene Feuchtigkeit im Zimmer schadete Gregor jedoch.

De nieuwe vochtigheid in de kamer deed Gregor echter pijn.

Und er lag breitbeinig, verbittert und regungslos auf dem Sofa.

En hij lag languit, verbitterd en roerloos op de sofa.

Doch das war nur ihre erste Strafe für ihre Hilfeleistung.

Maar dat was slechts haar eerste straf voor het helpen.

Die Schwester bemerkte schnell die Veränderung in Gregors Zimmer.

De zus merkte al snel de verandering in Gregors kamer op.

Und sie rannte, zutiefst beleidigt, ins Wohnzimmer.

En ze rende, zichtbaar beledigd, de woonkamer in.

Ihre Mutter hob die Hände und versuchte, sie zu beschwören.

Haar moeder hief haar handen op en probeerde haar te smeken.

Doch trotz einer aufrichtigen Erklärung brach sie in Tränen aus.
Maar ondanks een oprechte uitleg barstte ze in tranen uit.
Der Vater erschrak natürlich und fuhr aus seinem Stuhl hoch.
De vader schrok zich natuurlijk rot en viel van zijn stoel.
Und die beiden Eltern schauten fassungslos und hilflos zu.
En de twee ouders keken verbijsterd en machteloos toe.
Und schließlich gerieten auch ihre Gefühle in Aufruhr.
En uiteindelijk raakten ook hun emoties in de war.
Der Vater warf der Mutter vor, was sie getan hatte.
De vader verweet de moeder wat ze had gedaan.
"Du hättest das Zimmer Grete zum Putzen überlassen sollen."
"Je had de kamer aan Grete moeten overlaten om schoon te maken."
Grete schrie die Mutter an, weil sie sein Zimmer aufgeräumt hatte.
Grete schreeuwde tegen haar moeder omdat ze zijn kamer aan het opruimen was.
„Du darfst sein Zimmer nie wieder putzen!"
"Je mag zijn kamer nooit meer schoonmaken!"
Die Mutter versuchte, den Vater ins Schlafzimmer zu zerren.
De moeder probeerde de vader de slaapkamer in te slepen.
Die Schwester blieb zitternd und schluchzend im Zimmer zurück.
De zus bleef trillend en snikkend achter in de kamer.
Und sie hämmerte mit ihren kleinen Fäustchen auf den Tisch.
En ze bonkte met haar kleine vuistjes op de tafel.
Und Gregor zischte sie alle lautstark vor Wut an.
En Gregor siste luid en boos naar hen allemaal.
Warum war niemand auf die Idee gekommen, ihm die Tür zu schließen?
Waarom had niemand eraan gedacht de deur voor hem dicht te doen?
Sie hätten ihm diesen Anblick und Lärm ersparen können.

Ze hadden hem dit schouwspel en lawaai kunnen besparen.
Die Schwester war erschöpft, als sie von der Arbeit nach Hause kam.
De zus was uitgeput na thuiskomst van haar werk.
Und die Betreuung von Gregor bedeutete für sie noch mehr Arbeit.
En de zorg voor Gregor betekende voor haar nóg meer werk.
Das bedeutete aber nicht, dass die Mutter es hätte tun sollen.
Maar dat betekende niet dat de moeder het had moeten doen.
Gregor hingegen sollte nicht vernachlässigt werden.
Gregor daarentegen mag niet worden vergeten.
Aber jetzt hatten sie ein neues Dienstmädchen, das solche Dinge tun konnte.
Maar nu hadden ze een nieuwe dienstmeid die dat soort dingen kon doen.
Eine ältere Witwe mit kräftigem Knochenbau.
Een bejaarde weduwe met een robuuste botstructuur.
Eine Statur, die ihr half, ihr schwieriges Leben zu überstehen.
Een lichaamsbouw die haar hielp haar moeilijke leven te doorstaan.
Sie hatte keine wirkliche Abneigung gegen Gregors Erscheinung.
Ze had geen echte afkeer van Gregors uiterlijk.
Sie hatte versehentlich die Tür zu Gregors Zimmer geöffnet.
Ze had per ongeluk de deur naar Gregors kamer geopend.
Es geschah nicht aus besonderer Neugierde bezüglich des Zimmers.
Het was niet uit bijzondere nieuwsgierigheid naar de kamer.
Sie tat lediglich ihre Arbeit und öffnete dabei zufällig die Tür.
Ze deed gewoon haar werk en opende toevallig de deur.
Gregor war natürlich völlig überrascht von ihr.
Gregor was uiteraard totaal verrast door haar.
Er wurde nicht verfolgt, aber er rannte hin und her.
Hij werd niet achtervolgd, maar hij rende heen en weer.

Und sie verschränkte einfach die Arme und sah ihm beim
Krabbeln zu.
En ze sloeg haar armen over elkaar en keek toe hoe hij kroop.
Seitdem hat sie ihm immer einen Spaltbreit die Tür
geöffnet.
Sindsdien deed ze de deur altijd een klein beetje voor hem
open.
Eines Morgens schaute sie nach ihm, um zu sehen, wie es
ihm ging.
's Ochtends ging ze even kijken hoe het met hem ging.
Und am Abend sah sie nach ihm, bevor sie ging.
's Avonds ging ze nog even bij hem kijken voordat ze
wegging.
Zuerst versuchte sie auch, ihn zu sich zu rufen.
Aanvankelijk probeerde ze hem ook te roepen om naar haar
toe te komen.
„Komm her, du alter Mistkäfer!", pflegte sie zu sagen.
"Kom eens hier, oude mestkever!" zei ze altijd.
Oder sie sagte freundlich: „Schau dir den alten Mistkäfer
an!"
Of ze zei: "Kijk eens naar die oude mestkever!", heel
vriendelijk.
Gregor reagierte nie darauf, wenn man so mit ihm sprach.
Gregor reageerde nooit positief op die manier aangesproken
worden.
Er blieb stehen, ohne sich zu rühren, und ignorierte sie.
Hij bleef daar staan, zonder te bewegen, en negeerde haar.
„Wenn man ihr doch nur gesagt hätte, wie man ihre Arbeit
richtig macht."
"Als ze maar te horen had gekregen hoe ze haar werk goed
moest doen."
„Anstatt mich zu belästigen, sollte sie lieber mein Zimmer
aufräumen."
"In plaats van mij lastig te vallen, zou ze mijn kamer moeten
schoonmaken."
Eines Morgens prasselte ein heftiger Regenguss gegen die
Fenster.

Op een ochtend, vroeg in de ochtend, kletterde een hevige
regenbui tegen de ramen.
**Vielleicht war der Regen bereits ein Zeichen für den
kommenden Frühling.**
Misschien was de regen al een teken van de naderende lente.
**Das Dienstmädchen begann wieder auf diese Weise mit ihm
zu sprechen.**
De dienstmeid begon weer op die manier tegen hem te
spreken.
**Gregor war so verbittert, dass er sich umdrehte und ihr ins
Gesicht sah.**
Gregor was zo verbitterd dat hij zich naar haar omdraaide.
**Er war langsam und gebrechlich, aber es war eine Art
Angriff.**
Hij was traag en zwak, maar het was een soort aanval.
**Das Dienstmädchen hingegen hatte überhaupt keine Angst
vor Gregor.**
Het dienstmeisje was echter helemaal niet bang voor Gregor.
**Stattdessen hob sie einen Stuhl hoch, der in der Nähe der
Tür stand.**
In plaats daarvan pakte ze een stoel die vlak bij de deur stond.
Und sie stand da, ganz ruhig, mit weit geöffnetem Mund.
En ze stond daar, kalm, met haar mond wijd open.
**Ihre Absichten waren klar, das konnte sogar Gregor
erkennen.**
Haar bedoelingen waren duidelijk, zelfs Gregor kon dat zien.
**Und er drehte sich langsam um und kehrte zu seinem
ursprünglichen Platz zurück.**
En hij draaide zich langzaam om naar zijn oorspronkelijke
positie.
"Sie wollen also nicht näher kommen, oder?"
"Dus je wilt niet dichterbij komen, hè?"
Und sie stellte den Stuhl leise wieder in die Ecke.
En ze zette de stoel rustig terug in de hoek.

Gregor aß kaum noch etwas.
Gregor at vrijwel niets meer.

**Manchmal blieb er bei seinen Rundgängen im Zimmer
stehen.**
Soms, tijdens zijn wandelingen door de kamer, bleef hij staan.
Und er befand sich neben dem für ihn zubereiteten Essen.
En hij bevond zich naast het eten dat voor hem was
klaargemaakt.
**Er steckte sich das Essen in den Mund, aber nur, um damit
zu spielen.**
Hij stopte het eten in zijn mond, maar alleen om ermee te
spelen.
**Und nicht selten spuckte er es nach ein paar Stunden wieder
aus.**
En vaak spuugde hij het na een paar uur weer uit.
**Er versuchte, einen Grund für seinen Appetitverlust zu
finden.**
Hij probeerde een reden te vinden voor zijn gebrek aan
eetlust.
**Vielleicht, weil er mit dem Zustand seines Zimmers
unzufrieden war.**
Misschien omdat hij verdrietig was over de staat van zijn
kamer.
**Aber er hatte sich mit den Veränderungen im Raum
abgefunden.**
Maar hij had zich neergelegd bij de veranderingen in de
kamer.
**In letzter Zeit hatte sich sein Zimmer in eine Art
Abstellraum verwandelt.**
De laatste tijd was zijn kamer een soort opslagruimte
geworden.
Sie hatten sich angewöhnt, Dinge dort liegen zu lassen.
Ze hadden er een gewoonte van gemaakt om dingen daar
achter te laten.
Und nun lagen noch viele solcher Dinge in seinem Zimmer.
En er lagen nu nog veel van zulke dingen in zijn kamer.
Weil ein Zimmer der Wohnung vermietet worden war.
Omdat één kamer van het appartement was verhuurd.
Drei ernsthafte Herren mieteten das Zimmer gemeinsam.

Drie serieuze heren huurden samen de kamer.

Gregor hat sie einmal durch einen Türspalt erblickt.

Gregor had ze eens door een kier in de deur gezien.

Sie trugen Vollbärte und waren penibel gekleidet.

Ze hadden volle baarden en waren zeer zorgvuldig gekleed.

Sie achteten penibel darauf, dass alles ordentlich blieb.

Ze waren zeer nauwgezet in het netjes houden van alles.

Ihr Hang zur Ordnung beschränkte sich nicht nur auf ihr Zimmer.

Hun aandrang tot netheid beperkte zich niet tot hun kamer.

Die gesamte Wohnung musste tadellos sauber gehalten werden.

Het hele appartement moest brandschoon zijn.

Sie legten sogar noch mehr Wert auf das Aussehen der Küche.

Ze waren nog kieskeuriger over hoe de keuken eruitzag.

Und unnötigen Unrat konnten sie nicht dulden.

En ze konden geen onnodige rommel verdragen.

Sie hatten auch ihre eigenen Möbel mitgebracht.

Ze hadden ook hun eigen meubels meegenomen.

Aus diesem Grund waren viele Dinge überflüssig geworden.

Daarom waren veel dingen overbodig geworden.

Das waren Dinge, für die niemand Geld bezahlen würde.

Het waren dingen waar niemand geld voor wilde betalen.

Die Familie wollte diese Dinge aber auch nicht wegwerfen.

Maar de familie wilde deze spullen ook niet weggooien.

All diese Dinge landeten irgendwo in Gregors Zimmer.

Al deze spullen zijn ergens in Gregors kamer terechtgekomen.

Der Aschenbecher aus der Küche stand nun in seinem Zimmer.

De asbak uit de keuken stond nu in zijn kamer.

Und der Müll wurde bis zum Abholtag in seinem Zimmer aufbewahrt.

En het afval werd in zijn kamer bewaard tot de vuilnisophaaldag.

Das Dienstmädchen warf alles, was sie nicht brauchte, in sein Zimmer.

De dienstmeid gooide alles wat ze niet nodig had in zijn kamer.

Zum Glück sah er nichts weiter als die Hand und den Gegenstand.

Gelukkig zag hij niet meer dan de hand en het voorwerp.

Sie hatte wahrscheinlich vor, die Sachen später abzuholen.

Ze was waarschijnlijk van plan om de spullen later nog eens op te halen.

Oder vielleicht wollte sie einfach alles auf einmal wegwerfen.

Of misschien wilde ze alles in één keer weggooien.

Doch alles blieb dort, wo es ursprünglich gelandet war.

Alles bleef echter op de plek waar het was terechtgekomen.

Es sei denn, Gregor bewegte den Schrott, indem er sich hindurchzwängte.

Tenzij Gregor de rommel verplaatste door erdoorheen te wurmen.

Zuerst musste er sich durch den ganzen Schrott hindurchkriechen.

Aanvankelijk moest hij zich door al het afval heen kruipen.

Es gab für ihn keine Möglichkeit, dies zu vermeiden.

Hij had geen enkele mogelijkheid om dat te vermijden.

Später fand er jedoch tatsächlich Freude an dieser Tätigkeit.

Maar later vond hij juist plezier in deze bezigheid.

Diese Anstrengung hinterließ ihn jedoch traurig und zutiefst erschöpft.

Hoewel die inspanning hem verdrietig en diep vermoeid maakte.

Und danach war er viele Stunden lang bewegungsunfähig.

En daarna kon hij zich urenlang niet bewegen.

Die Untermieter aßen manchmal im Wohnzimmer.

De kostgangers nuttigden hun maaltijd soms in de woonkamer.

Die Wohnzimmertür blieb an diesen Abenden geschlossen.

De deur van de woonkamer bleef die avonden gesloten.

Gregor hatte aber keine Schwierigkeiten, die Tür jetzt nicht zu öffnen.

Maar Gregor had er geen moeite mee om de deur nu niet open te doen.

Selbst wenn die Tür offen war, schaute er nicht immer hinaus.

Zelfs als de deur openstond, keek hij niet altijd naar buiten.

Doch er legte sich in die dunkelste Ecke des Zimmers.

Maar hij ging in de donkerste hoek van de kamer liggen.

Auch der Familie fiel seine mangelnde Aufmerksamkeit nicht auf.

Ook de familie merkte zijn gebrek aan aandacht niet op.

Doch einmal ließ das Dienstmädchen die Tür offen.

Maar er was één keer dat de dienstmeid de deur open liet staan.

Die Tür blieb auch dann offen, als die Mieter zurückkehrten.

De deur bleef openstaan, zelfs toen de huurders terugkeerden.

Und die Tür war offen, als das Licht eingeschaltet wurde.

De deur stond open toen het licht werd aangezet.

Der Mann saß an dem Tisch, an dem die Familie zu Abend aß.

De man zat aan de tafel waar het gezin dineerde.

Vater, Mutter und Gregor saßen dort in früheren Zeiten.

Vader, moeder en Gregor zaten daar vroeger.

Sie entfalteten die Servietten und nahmen Messer und Gabeln.

Ze vouwden de servetten open en pakten messen en vorken.

Die Mutter erschien mit einer Schüssel Fleisch in der Tür.

De moeder verscheen in de deuropening met een kom vlees.

Dann kam die Schwester mit einer Schüssel voller Kartoffeln herein.

Toen kwam de zus binnen met een kom vol aardappelen.

Die Untermieter beugten sich über die vor ihnen aufgestellten Schüsseln.

De logés bogen zich over de kommen die voor hen stonden.

Der dichte Rauch des Essens stieg ihnen bis in die Nasen.

De dikke rook van het eten steeg op tot aan hun neuzen.

Aber sie hatten noch nicht entschieden, ob sie das Essen essen würden.

Maar ze hadden nog niet besloten of ze het eten zouden opeten.

Vielleicht würden sie das Essen zurück in die Küche schicken.

Misschien zouden ze de maaltijd terugsturen naar de keuken.

Der Mann in der Mitte schien die Autoritätsperson zu sein.

De man die in het midden zat, leek de autoriteit te zijn.

Er schnitt das Fleisch an, um festzustellen, ob es zart genug war.

Hij sneed het vlees aan om te bepalen of het mals genoeg was.

Er war zufrieden mit dem Geruch und Aussehen des Essens.

Hij was tevreden over hoe het eten rook en eruitzag.

Die Mutter und die Schwester hatten sie ängstlich beobachtet.

De moeder en zus hadden hen bezorgd gadegeslagen.

Und sie begannen zu lächeln, begleitet von einem Seufzer der aufgestauten Erleichterung.

En ze begonnen te glimlachen, opgelucht ademhalend.

Die Familie selbst wollte in der Küche essen.

Het gezin zou zelf in de keuken gaan eten.

Doch zuerst ging der Vater nach den Untermietern sehen.

Maar eerst ging de vader poolshoogte nemen bij de huurders.

Er verbeugte sich einmal und hielt dabei seine Arbeitsmütze in der Hand.

Hij maakte een buiging en hield zijn pet van het werk in zijn hand.

Und er ging einmal im Kreis um den Tisch herum, zu jedem Gast.

En hij liep in een cirkel rond de tafel, langs elke gast.

Die Untermieter standen alle auf und murmelten in ihre Bärte.

De huurders stonden allemaal op en mompelden in hun baarden.

Nachdem er gegangen war, aßen sie in fast völliger Stille.

Nadat hij vertrokken was, aten ze in vrijwel volledige stilte.
Gregor fand es seltsam, dass er Kaugeräusche hörte.
Gregor vond het vreemd dat hij kauwgeluiden kon horen.
Kein anderer Aspekt des Essens schien Geräusche zu verursachen.
Geen enkel ander aspect van het eten leek enig geluid te maken.
Aber er konnte deutlich hören, wie Zähne aufeinander knirschten.
Maar hij kon duidelijk het geknars van tanden horen.
Sie schienen ihm sagen zu wollen, dass er Zähne zum Essen brauche.
Het leek alsof ze hem wilden vertellen dat hij tanden nodig had om te kunnen eten.
"Ohne Zähne im Kiefer kann man gar nichts machen."
"Je kunt niets doen als je geen tanden in je kaken hebt."
„Ich möchte etwas essen", sagte Gregor ängstlich.
"Ik zou graag iets willen eten," zei Gregor ongeduldig.
„Aber ich habe keinen Appetit auf das, was ihr alle esst."
"Maar ik heb geen trek in wat jullie allemaal eten."
„Seht euch an, wie diese Mieter essen, und ich verhungere hier."
"Kijk eens hoe deze kostgangers eten, en ik zit hier te verhongeren."
Gregor dachte an diesem Abend zufällig an die Geige.
Die avond moest Gregor toevallig aan de viool denken.
Er hatte die Geige seit der Verwandlung nicht mehr gehört.
Hij had de viool niet meer gehoord sinds de transformatie.
Doch dann, an diesem Abend, ertönte ein Geräusch aus der Küche.
Maar vanavond kwam er een geluid uit de keuken.
Die Herren hatten ihr Abendessen bereits beendet.
De heren hadden hun avondmaaltijd al achter de rug.
Der mittlere Herr hatte begonnen, eine Zeitung zu lesen.
De middelste heer was begonnen met het lezen van een krant.
Den beiden anderen Herren hatte er jeweils ein Blatt gegeben.

Hij had de andere twee heren elk een vel papier gegeven.

Und nun lehnten sie sich zurück, lasen und rauchten.

En nu zaten ze achterover, te lezen en te roken.

Als die Geige zu spielen begann, wurden sie aufmerksam.

Toen de viool begon te spelen, spitsten ze hun oren.

Sie standen auf und gingen auf Zehenspitzen zur Tür des Vorzimmers.

Ze stonden op en liepen op hun tenen naar de deur van de voorkamer.

Hier standen sie eng beieinander und lauschten an der Tür.

Daar stonden ze dicht bij elkaar, luisterend bij de deur.

Die Familie muss die Männer aus der Küche gehört haben.

De familie moet de mannen vanuit de keuken hebben gehoord.

Denn der Vater rief sie und fragte sie:

Omdat de vader hen riep en hen vroeg;

"Ist die Geige für die Herren vielleicht unbequem?"

"Is de viool misschien niet comfortabel voor de heren?"

„Wenn Ihnen die Musik nicht gefällt, können wir sofort aufhören.“

"Als je de muziek niet leuk vindt, kunnen we meteen stoppen."

„Im Gegenteil“, sagte der mittlere der beiden Herren.

"Integendeel," zei de middelste van de heren.

Möchte die junge Dame in unserem Zimmer Geige spielen?

"Zou de jonge dame het leuk vinden om viool te spelen in onze kamer?"

„Hier ist es definitiv viel komfortabler und gemütlicher.“

"Het is hier absoluut veel comfortabeler en gezelliger."

Der Vater antwortete, als wäre er selbst der Geiger.

De vader antwoordde alsof hij zelf de violist was.

"Oh bitte, das wäre wunderbar", rief der Vater.

"Och, alsjeblieft, dat zou fantastisch zijn," riep de vader.

Die Herren kehrten ins Wohnzimmer zurück und warteten.

De heren keerden terug naar de woonkamer en wachtten.

Bald darauf kam der Vater mit dem Notenständer ins Zimmer.

Even later kwam de vader de kamer binnen met de lessenaar.
Die Mutter kam mit dem Notenbuch ins Zimmer.
De moeder kwam de kamer binnen met het muziekboek.
Und die Schwester kam mit der Geige ins Zimmer.
En toen kwam de zus de kamer binnen met de viool.
Sie bereitete in aller Ruhe alles vor, um Geige zu spielen.
Ze bereidde rustig alles voor om viool te spelen.
Die Eltern übertrieben ihre Höflichkeit und ihr Benehmen.
De ouders overdreven hun beleefdheid en manieren.
Sie hatten zuvor noch nie Zimmer an Untermieter vermietet.
Ze hadden nog nooit eerder kamers verhuurd aan
kostgangers.
**Und sie trauten sich nicht einmal, auf ihren eigenen Stühlen
zu sitzen.**
En ze durfden zelfs niet op hun eigen stoelen te gaan zitten.
Statt sich hinzusetzen, lehnte sich der Vater gegen die Tür.
In plaats van te gaan zitten, leunde de vader tegen de deur.
**Seine rechte Hand befand sich zwischen zwei Knöpfen
seines Mantels.**
Zijn rechterhand zat tussen twee knopen van zijn jas.
**Der Mutter wurde jedoch von einem Herrn ein Stuhl
angeboten.**
De moeder kreeg echter een stoel aangeboden door een heer.
**Aber sie setzte sich an die Stelle, wo der Herr den Stuhl
hingestellt hatte.**
Maar ze ging zitten waar de heer de stoel had neergezet.
**Und er hatte den Stuhl nicht an einem bestimmten Ort
aufgestellt.**
En hij had de stoel nergens op een specifieke plek neergezet.
So saß die Mutter abseits von allen anderen in einer Ecke.
De moeder zat dus apart van de rest, in een hoekje.
Und schließlich begann die Schwester Geige zu spielen.
En uiteindelijk begon de zus viool te spelen.
**Die Eltern auf den gegenüberliegenden Seiten beobachteten
das Geschehen aufmerksam.**
De ouders, die tegenover elkaar zaten, luisterden aandachtig.
Und sie beobachteten jede Bewegung ihrer Hand genau.

En ze hielden elke beweging van haar hand nauwlettend in de
gaten.
Gregor war auch vom Geigenspiel fasziniert.
Gregor voelde zich ook aangetrokken tot het vioolspel.
**Und er wagte sich ein Stück weiter aus seinem Zimmer
hinaus.**
En hij waagde zich een klein stukje verder zijn kamer uit.
Er hatte den Kopf schon im Wohnzimmer.
Hij had zijn hoofd al in de woonkamer gestoken.
**Er war stets sehr stolz darauf, besonders rücksichtsvoll zu
sein.**
Hij was er altijd erg trots op dat hij zo attent was.
**Doch in letzter Zeit hinterfragte er seine Nachlässigkeit
kaum noch.**
Maar de laatste tijd stelde hij zijn gebrek aan zorgzaamheid
nauwelijks meer ter discussie.
**Auch wenn er jetzt mehr Grund hatte, sich zu verstecken als
zuvor.**
Hoewel hij nu meer reden had om zich te verbergen dan
voorheen.
**Weil sein Zimmer mit Staub und allerlei Schmutz bedeckt
war.**
Omdat zijn kamer vol stof en ander vuil zat.
Die geringste Bewegung wirbelte allerlei Schmutz auf.
De geringste beweging deed allerlei vuil opwervelen.
Der ganze Dreck klebte an ihm: Staub, Haare, Essensreste.
Al dat vuil kleefde aan hem; stof, haren, etensresten.
Er hätte den Schmutz am Teppich abreiben können.
Hij had het vuil eraf kunnen wrijven aan het tapijt.
Das tat er mehrmals täglich.
Dit deed hij meerdere keren per dag.
**Doch seine Gleichgültigkeit gegenüber allem war viel zu
groß.**
Maar zijn onverschilligheid voor alles was veel te groot.
**Deshalb hatte er keine Angst, noch ein Stück
weiterzugehen.**
Hij was dus niet bang om een stapje verder te gaan.

Und er betrat den makellosen Wohnzimmerboden.
En hij liep verder over de smetteloze vloer van de woonkamer.
Doch niemand bemerkte ihn oder schenkte ihm Beachtung.
Niemand merkte hem echter op of schonk hem enige
aandacht.
Die Familie war völlig in das Konzert vertieft.
Het gezin was volledig in de ban van het concert.
Die Herren hingegen zogen sich zunächst zurück.
De heren daarentegen trokken zich aanvankelijk terug.
**Und sie standen dicht hinter dem Notenständer der
Schwester.**
En ze stonden vlak achter de lessenaar van de zus.
**Wenn sie hingesehen hätten, hätten sie die Noten sehen
können.**
Als ze hadden gekeken, hadden ze de muzieknoten kunnen
zien.
Dies hätte die Schwester natürlich beunruhigt.
Dit zou de zus natuurlijk hebben verontrust.
**Dann blieben sie am Fenster stehen, anstatt sich
hinzusetzen.**
Vervolgens bleven ze bij het raam staan in plaats van te gaan
zitten.
Mit den Händen in den Taschen redeten sie weiter.
Met hun handen in hun zakken bleven ze praten.
Sie blieben dort, während der Vater ängstlich zusah.
Ze bleven daar staan terwijl de vader bezorgd toekeek.
**Man hatte den Eindruck, dass sie andere Erwartungen
hatten.**
Men had de indruk dat ze andere verwachtingen hadden.
Und es schien wirklich so, als wären sie enttäuscht gewesen.
En het leek er echt op alsof ze teleurgesteld waren.
Es schien, als hätten sie genug von der Vorstellung.
Het leek erop dat ze genoeg hadden van het optreden.
Sie hatten zugelassen, dass die Geige ihren Frieden störte.
Ze hadden toegestaan dat de viool hun rust verstoorde.
Und sie tolerierten die Musik nur aus Höflichkeit.
En ze tolereerden de muziek alleen uit beleefdheid.

**Besonders beunruhigend war, wie sie den Rauch
wegbliesen.**
De manier waarop ze de rook wegbliezen was bijzonder
verontrustend.
Und dennoch spielte sie so wunderschön Geige.
En toch speelde ze zo prachtig viool.
Ihr Gesicht war leicht zur Seite geneigt, auf der Geige.
Haar gezicht was lichtjes opzij gekanteld, op de viool.
Ihr Blick wanderte traurig die Notenlinien entlang.
Haar ogen dwaalden bedroefd langs de muzieknoten.
**Gregor fühlte sich ein wenig mehr ins Wohnzimmer
hineingezogen.**
Gregor voelde zich wat meer naar de woonkamer
toegetrokken.
Er hielt den Kopf dicht am Boden, blickte aber nach oben.
Hij hield zijn hoofd dicht bij de grond, maar keek omhoog.
**Vielleicht würde sich so der Blick seiner Schwester mit
seinem treffen.**
Misschien dat de blik van zijn zus op deze manier zijn ogen
zou kruisen.
Kann man wirklich sagen, dass er nur ein Tier war?
Kun je werkelijk zeggen dat hij slechts een dier was?
War er etwa ein Tier, wenn ihn Musik so fesseln konnte?
Was hij een dier als muziek hem zo kon boeien?
**Er hatte das Gefühl, ihm sei ein Weg zu unbekannter
Nahrung gezeigt worden.**
Hij had het gevoel dat hem een pad naar onbekende voeding
werd getoond.
Vielleicht war dies die Nahrung, die ihm fehlte.
Misschien was dit wel de voeding die hij miste.
Er war fest entschlossen, zu seiner Schwester zu gelangen.
Hij was vastbesloten om naar zijn zus toe te gaan.
**Er wollte an ihrem Rock zupfen, um ihre Aufmerksamkeit
zu erregen.**
Hij wilde aan haar rok trekken om haar aandacht te trekken.
Er wollte ihr eine Art Einladung signalisieren.
Hij wilde haar een uitnodiging laten blijken.

„Komm und spiel Geige in meinem Zimmer", wollte er
sagen.
'Kom en speel viool in mijn kamer,' wilde hij zeggen.
**Er wollte, dass sie für ihre wunderschöne Musik belohnt
wird.**
Hij wilde dat ze beloond zou worden voor haar prachtige
muziek.
"Niemand hier belohnt dich dafür, dass du Geige spielst."
"Niemand hier beloont je voor het bespelen van de viool."
Er wollte sie nicht mehr aus seinem Zimmer lassen.
Hij wilde haar niet meer uit zijn kamer laten.
Er wollte, dass sie so lange bei ihm blieb, wie er lebte.
Hij wilde dat ze zijn hele leven bij hem zou blijven.
Zum ersten Mal hatte seine Verwandlung einen Vorteil.
Voor het eerst had zijn transformatie een positief effect.
**Seine Missbildung würde ihm nun endlich noch von
Nutzen sein.**
Zijn misvorming zou hem uiteindelijk van pas komen.
Er wollte gleichzeitig an allen vier Türen sein.
Hij wilde tegelijkertijd bij alle vier de deuren zijn.
Er wollte sie von allen Seiten anfauchen und anspucken.
Hij wilde ze vanuit elke hoek bespugen en sissen.
**Seine Schwester sollte nicht gezwungen werden, bei ihm zu
bleiben.**
Zijn zus zou niet gedwongen moeten worden om bij hem te
blijven.
**Er wollte, dass sie sich freiwillig dafür entschied, bei ihm zu
bleiben.**
Hij wilde dat ze er vrijwillig voor zou kiezen om bij hem te
blijven.
**Sie wollte sich neben ihn setzen und sich zu ihm
hinunterbeugen.**
Ze zou naast hem gaan zitten en zich naar hem toe buigen.
Und er wollte ihr von der Musikschule erzählen.
En hij wilde haar over de muziekschool vertellen.
Er hatte die feste Absicht, sie auf die Akademie zu schicken.
Hij was vastbesloten haar naar de academie te sturen.

Das hätte er allen schon letztes Weihnachten erzählt.

Hij zou het iedereen afgelopen kerst verteld hebben.

War Weihnachten etwa schon wieder vorbei?

Is Kerstmis nu echt alweer voorbij?

Und er hätte sich von niemandem davon abbringen lassen.

En niemand had hem ervan laten weerhouden.

Doch dann setzte das Unglück allem ein Ende.

Maar toen maakte het noodlottige ongeluk een einde aan alles.

Die Schwester wäre von ihren Gefühlen überwältigt gewesen.

De zus zou door emoties overmand zijn geweest.

Und dann wäre Gregor bis auf ihre Schulter geklettert.

En dan zou Gregor op haar schouder zijn geklommen.

Und er hätte sie getröstet, indem er ihren Hals geküsst hätte.

En hij zou haar getroost hebben door haar in haar nek te kussen.

„Herr Samsa!", rief der Mann in der Mitte dem Vater zu.

"Meneer Samsa!" riep de man in het midden naar de vader.

Er zeigte mit dem Zeigefinger nach unten auf Gregor.

Hij wees met zijn wijsvinger naar beneden, richting Gregor.

Gregor bewegte sich langsam über den Wohnzimmerboden.

Gregor bewoog zich langzaam over de vloer van de woonkamer.

Das Geigenspiel verstummte sehr schnell.

Het vioolspel verstomde al snel.

Der mittlere der drei Männer lächelte seine Freunde an.

De middelste van de drie mannen glimlachte naar zijn vrienden.

Dann schüttelte er den Kopf und blickte zurück zu Gregor.

Toen schudde hij zijn hoofd en keek hij Gregor weer aan.

Der Vater hätte Gregor zurück in sein Zimmer schicken können.

De vader had Gregor terug naar zijn kamer kunnen sturen.

Das war jedoch nicht die erste Maßnahme, zu der er sich entschloss.

Maar dat was niet de eerste actie die hij ondernam.

Er hielt es für wichtiger, die Herren zu beruhigen.

Hij vond het belangrijker om de heren tot rust te brengen.

Obwohl sie von Gregor eigentlich überhaupt nicht verärgert waren.

Hoewel ze eigenlijk helemaal niet boos waren op Gregor.

Gregor schien unterhaltsamer als das Geigenspiel.

Gregor leek vermakelijker dan het vioolspel.

Er eilte mit ausgestreckten Armen auf sie zu.

Hij snelde naar hen toe met uitgestrekte armen.

Er gab sein Bestes, um ihren Blick auf Gregor zu verbergen.

Hij deed zijn best om hun beeld van Gregor te verbergen.

Und er versuchte, sie zur Rückkehr in ihr Zimmer zu bewegen.

En hij probeerde hen over te halen terug te gaan naar hun kamer.

Das hat sie eher ein wenig verärgert.

Sterker nog, dit maakte hen zelfs een beetje geïrriteerd.

Es war aber schwer zu sagen, was genau sie störte.

Maar het was moeilijk te zeggen wat hen precies irriteerde.

Der Vater verdarb die abendliche Unterhaltung.

De vader verpestte de pret van de avond.

Aber sie hatten auch gerade erst von ihrem neuen Mitbewohner erfahren.

Maar ze hadden ook net vernomen dat ze een nieuwe huisgenoot zouden krijgen.

Sie hoben die Hände, genau wie der Vater es getan hatte.

Ze staken hun handen op, net zoals de vader had gedaan.

Sie verlangten vom Vater eine sofortige Erklärung.

Ze eisten een onmiddellijke verklaring van de vader.

Sie zupften unruhig an ihren Bärten, um eine Antwort zu bekommen.

Ze trokken onrustig aan hun baarden, in de hoop een antwoord te krijgen.

Und sie bewegten sich rückwärts in ihr Zimmer, aber sehr langsam.

En ze liepen langzaam achteruit naar hun kamer.

Die Unterbrechung hatte die Schwester in eine Trance versetzt.

De onderbreking had de zus in een trance gebracht.

Sie ließ Geige und Bogen an ihrer Seite herabhängen.

Ze liet de viool en de strijkstok langs haar zij hangen.

Und sie blickte auf die Notenblätter, als ob sie immer noch spielen würde.

En ze bekeek de bladmuziek alsof ze nog steeds aan het spelen was.

Doch dann zog sie sich plötzlich wieder ins Zimmer zurück.

Maar toen trok ze zich plotseling terug in de kamer.

Und sie hatte nun das Gefühl, verloren zu sein, überwunden.

En ze had het gevoel van verdwaald zijn nu overwonnen.

Sie legte das Musikinstrument auf den Schoß ihrer Mutter.

Ze legde het muziekinstrument op de schoot van haar moeder.

Die Mutter saß schwer atmend auf dem Stuhl.

De moeder zat in de stoel en ademde zwaar.

Und dann musste die Schwester ins Nebenzimmer rennen.

En toen moest de zus naar de volgende kamer rennen.

Sie musste alles für die Herren vorbereiten.

Ze moest alles klaarmaken voor de heren.

Sie warf die Decken und Kissen in die Luft.

Ze gooide de dekens en kussens de lucht in.

Und mit ihren geschickten Händen richtete sie die gesamte Bettwäsche her.

En met haar bekwame handen schikte ze al het beddengoed.

Sie war schon fertig, bevor die Herren den Raum erreichten.

Ze was klaar voordat de heren de kamer bereikten.

Und sie verschwand, bevor sie ihnen in die Quere kam.

En ze glipte weg voordat ze hen in de weg zat.

Der Vater schien von seiner eigenen Sturheit beherrscht zu sein.

De vader leek verlamd te zijn door zijn eigen koppigheid.

Und so vergaß er jeglichen Respekt, den er seinen Mietern schuldete.

En zo vergat hij alle respect dat hij zijn huurders verschuldigd was.

Er drängte und drängte, bis deren Sprecher Einspruch erhob.

Hij bleef aandringen tot hun woordvoerder bezwaar maakte.
Als er die Tür erreichte, stampfte er wütend mit dem Fuß auf.
Toen hij bij de deur aankwam, stampte hij woedend met zijn voet.
Und damit brachte er den Vater zum Schweigen.
En daarmee bracht hij de vader tot stilstand.
„Hiermit erkläre ich", begann er sich an seinen Vermieter zu wenden.
"Hierbij verklaar ik," begon hij zich tot zijn huisbaas te richten.
Und er hob die Hand und blickte die ganze Familie an.
En hij stak zijn hand op en keek de hele familie aan.
„Hinsichtlich der widerlichen Zustände im Zimmer;"
"Met betrekking tot de walgelijke toestand van de kamer;"
Und er sorgte dafür, dass alle seinen Worten zuhörten.
En hij zorgde ervoor dat iedereen naar zijn woorden luisterde.
"Hiermit kündige ich meinen Auszug aus meinem Zimmer."
"Hierbij geef ik kennis dat ik mijn kamer zal verlaten."
Und er unterstrich seine Aussage zusätzlich, indem er auf den Boden spuckte.
En hij onderstreepte zijn punt nog eens door op de grond te spugen.
„Auch die Tage, die ich hier gelebt habe, werde ich nicht bezahlen."
"Ik zal ook niet betalen voor de dagen dat ik hier heb gewoond."
Mit dieser Rückerstattung war er allerdings nicht ganz zufrieden.
Hij was echter niet helemaal tevreden met deze terugbetaling.
„Und ich werde erwägen, weitere Forderungen an Sie zu stellen."
"En ik zal overwegen om nog andere eisen aan u te stellen."
„Glauben Sie mir, solche Forderungen lassen sich sehr leicht rechtfertigen."
"Geloof me, zulke eisen zullen heel gemakkelijk te rechtvaardigen zijn."
Er schwieg und blickte den Vater direkt an.

Hij zweeg en keek recht voor zich uit naar zijn vader.

Er schien zu erwarten, dass noch etwas passieren würde.

Hij leek te verwachten dat er meer zou gebeuren.

Tatsächlich hatten seine beiden Freunde sofort die gleiche Idee.

Zijn twee vrienden hadden namelijk meteen hetzelfde idee.

„Wir stornieren auch unsere Zimmer", sagten sie unisono.

"We annuleren ook onze kamers," zeiden ze in koor.

Dann packte er den Türgriff und schloss die Tür.

Vervolgens greep hij de deurklink vast en sloot de deur.

Und mit einem lauten Knall schlossen sie sich in ihrem Zimmer ein.

En met een luide knal sloten ze zich op in hun kamer.

Der Vater taumelte mit tastenden Händen zu seinem Stuhl.

De vader strompelde met tastende handen naar zijn stoel.

Und er ließ sich besiegt in den Stuhl fallen.

En hij liet zich verslagen in de stoel vallen.

Es sah so aus, als ob er seinen üblichen Abendschlaf halten würde.

Het leek alsof hij zijn gebruikelijke avonddutje ging doen.

Sein Kopf nickte jedoch fast so, als ob er nicht gestützt würde.

Maar zijn hoofd knikte alsof het niet ondersteund werd.

Und man konnte sehen, dass er überhaupt nicht schlief.

Het was duidelijk dat hij helemaal niet sliep.

Während all dem hatte Gregor sich nicht von der Stelle gerührt.

Gedurende dit alles was Gregor geen centimeter van zijn plek gekomen.

Er befand sich noch immer an der Stelle, wo die Herren ihn zuerst gesehen hatten.

Hij bevond zich nog steeds op de plek waar de heren hem voor het eerst hadden gezien.

Selbst wenn er umziehen wollte, fand er es unmöglich.

Zelfs als hij had willen verhuizen, bleek dat onmogelijk.

Entweder aus Enttäuschung oder aus Hunger.

Vanwege zijn teleurstelling, of vanwege zijn honger.

Er war enttäuscht über das Scheitern seines Plans.
Hij was teleurgesteld over het mislukken van zijn plan.
Und er war geschwächt von dem anhaltenden Hunger, den er verspürte.
En hij was verzwakt door de langdurige honger die hij had geleden.
Er war sich sicher, dass sich jeden Moment alle gegen ihn wenden würden.
Hij was ervan overtuigd dat iedereen zich elk moment tegen hem zou keren.
In Erwartung des unmittelbar bevorstehenden Zusammenbruchs wartete er.
Met de verwachting van een dreigende ineenstorting wachtte hij af.
Die Geige begann vom Schoß der Mutter zu rutschen.
De viool begon van de schoot van de moeder af te glijden.
Mit einem ohrenbetäubenden Geräusch fiel die Geige zu Boden.
Met een daverende klap viel de viool op de grond.
Doch selbst dieses plötzliche Krachen ließ ihn nicht erschrecken.
Maar zelfs dit plotselinge gekraak deed hem niet schrikken.
„Liebe Eltern", sagte die Schwester, „so kann es nicht weitergehen."
"Lieve ouders," zei de zus, "dit kan zo niet langer doorgaan."
Und um ihrer Aussage Nachdruck zu verleihen, schlug sie mit der Hand auf den Tisch.
En ze sloeg met haar hand op tafel om haar punt duidelijk te maken.
"Ich werde den Namen meines Bruders vor diesem Monster nicht aussprechen."
"Ik zal de naam van mijn broer niet uitspreken in het bijzijn van dit monster."
„Deshalb sage ich es so deutlich wie möglich:"
"Daarom zeg ik dit zo direct mogelijk:"
„Uns bleibt keine andere Wahl, als dieses Tier loszuwerden."

"We hebben geen andere keus dan dit dier weg te doen."
„Wir haben unser Bestes getan, um dieses Tier zu tolerieren und zu pflegen.“
"We hebben ons best gedaan om dit dier te tolereren en te verzorgen."
„Ich glaube nicht, dass uns irgendjemand auch nur im Geringsten die Schuld geben kann.“
"Ik denk dat niemand ons ook maar enigszins iets kan verwijten."
„Sie hat tausendfach Recht“, stimmte der Vater zu.
"Ze heeft duizendvoudig gelijk," beaamde de vader.
Die Mutter hatte noch immer nicht wieder richtig Luft bekommen.
De moeder was nog steeds niet volledig op adem gekomen.
Sie begann dumpf in ihre Hand zu husten und atmete schwer.
Ze begon dof in haar hand te hoesten en ademde zwaar.
Und in ihren Augen begann sich ein wahnsinniger Ausdruck abzuzeichnen.
En er verscheen een waanzinnige uitdrukking in haar ogen.
Die Schwester eilte zu ihrer Mutter und hielt sich die Stirn.
De zus snelde naar haar moeder toe en greep haar voorhoofd vast.
Der Vater schien von den Worten der Schwester inspiriert zu sein.
De vader leek geïnspireerd te zijn door de woorden van zijn zus.
Und seine Gedanken schienen klarer als zuvor.
En zijn gedachten leken helderder dan voorheen.
Er hörte auf, mit dem Kopf zu nicken, und setzte sich wieder aufrecht hin.
Hij stopte met knikken en ging weer rechtop zitten.
Und er spielte, in tiefes Nachdenken versunken, mit der Mütze seines Dieners.
En hij speelde met de pet van zijn bediende, diep in gedachten verzonken.
Die Teller der Mieter standen noch auf dem Tisch.

De borden van de huurders stonden nog op tafel.

Und manchmal blickte er zu dem schweigenden Gregor hinüber.

En soms keek hij naar de zwijgende Gregor.

„Wir müssen versuchen, es loszuwerden", sagte die Schwester zu ihm.

"We moeten proberen er vanaf te komen," zei de zus tegen hem.

Die Mutter war zu sehr mit Husten beschäftigt, um zuzuhören.

De moeder was te druk bezig met hoesten om te luisteren.

„Das wird euch beide umbringen, ich sehe es schon kommen."

"Het zal jullie allebei fataal worden, ik zie het al aankomen."

„Wir können nicht alle weiterhin so hart arbeiten wie bisher."

"We kunnen niet allemaal zo hard blijven werken als we nu doen."

„Und jeden Tag müssen wir nach Hause kommen und diese Qualen erleiden."

"En elke dag moeten we thuiskomen en deze kwelling weer ondergaan."

„Wir können das nicht mehr ertragen. Ich kann das nicht mehr ertragen."

"We kunnen het niet langer verdragen. Ik kan het niet langer verdragen."

In einem letzten Tränenausbruch sank sie ihrer Mutter in die Arme.

In een laatste uitbarsting van tranen viel ze in de armen van haar moeder.

Die Tränen rannen ihr über das Gesicht und auf das ihrer Mutter.

De tranen rolden over haar gezicht en vielen op dat van haar moeder.

Und mit einer mechanischen Bewegung wischte sie sich die Tränen weg.

En ze veegde de tranen mechanisch weg.

„Mein Kind", sagte der Vater mitfühlend.
"Mijn kind," zei de vader met een meelevende stem.
In seiner Stimme lag tiefes Mitgefühl und Verständnis.
Er klonk veel medeleven en begrip in zijn stem.
„Aber was sollen wir tun?", gestand er und gab zu, es nicht zu wissen.
"Maar wat moeten we doen?" bekende hij, en hij wist het niet.
Die Schwester zuckte nur hilflos mit den Schultern.
De zus haalde hulpeloos haar schouders op.
Und ihr anfängliches Selbstvertrauen wich erneut Tränen.
En haar eerdere zelfvertrouwen maakte opnieuw plaats voor tranen.
„Wenn er uns doch nur verstehen würde", sagte der Vater laut.
'Als hij ons maar begreep,' zei de vader hardop.
Und er fragte sich halb, ob Gregor es vielleicht verstanden hatte.
En hij vroeg zich half af of Gregor het misschien wel begreep.
Die Schwester schüttelte unter Tränen heftig die Hand.
De zus schudde huilend haar hand heftig heen en weer.
Und so signalisierte sie, dass man diese Idee gar nicht erst in Erwägung ziehen sollte.
En daarmee gaf ze aan dat het idee niet overwogen moest worden.
„Aber wenn er uns doch nur verstehen würde", wiederholte der Vater.
'Maar als hij ons toch eens begreep,' herhaalde de vader.
Er schloss die Augen und dachte über die Antwort seiner Schwester nach.
Hij sloot zijn ogen en overwoog het antwoord van zijn zus.
"Wenn er verstünde, dass eine Vereinbarung mit ihm getroffen werden könnte."
"Als hij het begreep, kon er een overeenkomst met hem worden gesloten."
„Aber unter den gegebenen Umständen..."
"Maar gezien de huidige omstandigheden..."
„Es muss weg!", rief die Schwester, „es ist der einzige Weg."

"Het moet weg," riep de zus, "het is de enige manier."
„Du musst den Gedanken loswerden, dass es Gregor ist."
"Je moet de gedachte dat het Gregor is, loslaten."
„Dass wir das so lange geglaubt haben, ist unser
eigentliches Unglück."
"Dat we het zo lang hebben geloofd, is ons grootste ongeluk."
„Aber wie kann es Gregor sein?", fragte sie ihren Vater.
'Maar hoe kan het Gregor zijn?' vroeg ze aan haar vader.
„Er wusste, dass ein solches Tier nicht mit Menschen
zusammenleben kann."
"Hij wist dat zo'n dier niet samen met mensen kan leven."
„Gregor hätte uns schon längst freiwillig verlassen."
"Gregor zou ons allang vrijwillig hebben verlaten."
„Das stimmt, dann hätten wir keinen Bruder mehr."
"Dat klopt, dan zouden we geen broer meer hebben."
„Aber wir könnten weiterleben und sein Andenken ehren."
"Maar we kunnen wel doorgaan met leven en zijn
nagedachtenis eren."
„Aber dieses Ungeheuer verfolgt uns und vertreibt unsere
Pächter."
"Maar dit beest achtervolgt ons en jaagt onze huurders weg."
„Es will ganz offensichtlich die ganze Wohnung in Besitz
nehmen."
"Het wil overduidelijk het hele appartement overnemen."
„Dieses Biest will, dass wir auf der Straße schlafen."
"Dit beest wil ons op straat laten slapen."
"Schau, Vater", rief sie plötzlich, "er bewegt sich schon
wieder!"
"Kijk, vader," riep ze plotseling, "hij beweegt weer!"
Und sie tat etwas, das selbst Gregor nicht verstehen konnte.
En ze deed iets wat zelfs Gregor niet kon begrijpen.
Sie stieß sich von sich selbst ab, als wolle sie die Mutter
opfern.
Ze stootte zichzelf af, alsof ze haar moeder opofferde.
Und sie rannte hinter ihrem Vater her, um sich in Sicherheit
zu bringen.

En ze rende achter haar vader aan, voor een soort van veiligheid.

Der Vater war nur deshalb so aufgebracht, weil seine Tochter es war.

De vader was alleen maar overstuur omdat zijn dochter dat ook was.

Doch dann stand auch er auf und hob die Arme über sie.

Maar toen stond hij ook op en hief zijn armen boven haar uit.

Gregor hatte jedoch keinerlei Absicht gehabt, irgendjemanden zu erschrecken.

Maar Gregor was helemaal niet van plan geweest om iemand bang te maken.

Er hatte insbesondere nicht die Absicht, seine Schwester zu erschrecken.

Hij had er absoluut geen behoefte aan om zijn zus bang te maken.

Er wollte sich gerade umdrehen und zurück in sein Zimmer gehen.

Hij probeerde zich net om te draaien en terug te lopen naar zijn kamer.

Doch in seinem sich verschlechternden Zustand war selbst das schwierig.

Maar in zijn verslechterende toestand was zelfs dat moeilijk.

Und er konnte seine Beine nicht mehr vollumfänglich nutzen.

En hij kon zijn benen niet meer volledig gebruiken.

Also benutzte er seinen Kopf, um seinen Körper anzuheben und sich umzudrehen.

Dus gebruikte hij zijn hoofd om zijn lichaam op te tillen en zich om te draaien.

Er hielt inne und suchte in der Familie nach deren Zustimmung.

Hij pauzeerde even en keek rond, wachtend op de goedkeuring van de familie.

Seine guten Absichten schienen erkannt worden zu sein.

Zijn goede bedoeling leek te zijn erkend.

Seine Bewegung hatte sie nur kurzzeitig erschreckt.

Zijn beweging had hen slechts even doen schrikken.
Nun blickten sie ihn alle in unglücklichem Schweigen an.
Nu keken ze hem allemaal in ongelukkige stilte aan.
Die Mutter lag noch immer erschöpft im Sessel.
De moeder lag nog steeds uitgeput in de fauteuil.
Vater und Schwester saßen nebeneinander.
De vader en zus zaten naast elkaar.
»Vielleicht lassen sie mich jetzt umdrehen«, dachte Gregor.
'Misschien laten ze me nu wel omdraaien,' dacht Gregor.
Und er setzte seine unbeholfene Drehbewegung fort.
En hij bleef die onhandige draaibeweging maken.
Er konnte die gelegentlichen Atemzüge der Anstrengung nicht unterdrücken.
Hij kon de af en toe opkomende hijgende ademhalingen niet onderdrukken.
Und er war gezwungen, zwischendurch ein paar Mal Pausen einzulegen.
En hij was genoodzaakt om tussendoor een paar keer uit te rusten.
Niemand drängte ihn jetzt zur Eile; es lag ganz bei ihm.
Niemand dwong hem nu nog tot haasten; het was aan hemzelf.
Schließlich vollendete er die langsame und schmerzhafte Drehung.
Uiteindelijk voltooide hij de langzame en pijnlijke draai.
Er machte sich sofort auf den Weg zurück in sein Zimmer.
Hij liep meteen terug naar zijn kamer.
Er war erstaunt darüber, wie weit er von seinem Zimmer entfernt war.
Hij was verbaasd over hoe ver hij van zijn kamer verwijderd was.
Wie war er trotz seiner Schwäche zuvor dorthin gelangt?
Hoe was hij er, ondanks zijn zwakte, eerder toch gekomen?
Er war fast denselben Weg gegangen, ohne es zu bemerken.
Hij had vrijwel dezelfde route afgelegd zonder het te beseffen.
Er konzentrierte sich jetzt nur noch darauf, so schnell wie möglich zu krabbeln.

Hij concentreerde zich er nu alleen nog maar op om zo snel mogelijk te kruipen.

Das Ausbleiben von Kommentaren störte ihn nicht.

Het feit dat niemand reageerde, stoorde hem niet.

Erst als er schon in der Tür war, drehte er den Kopf.

Pas toen hij al binnen was, draaide hij zijn hoofd om.

Aber er konnte sich nicht vollständig umdrehen und zurückblicken.

Maar hij kon zich niet helemaal omdraaien om achterom te kijken.

Denn er spürte, wie sich sein Nacken beim Umdrehen noch mehr versteifte.

Omdat hij voelde dat zijn nek nog stijver werd toen hij zich omdraaide.

Doch er sah, dass sich hinter ihm ohnehin nichts verändert hatte.

Maar hij zag dat er achter hem in elk geval niets veranderd was.

Der einzige Unterschied war, dass seine Schwester aufgestanden war.

Het enige verschil was dat zijn zus was opgestaan.

Sein letzter Blick verriet ihm, dass seine Mutter eingeschlafen war.

Zijn laatste blik toonde aan dat zijn moeder in slaap was gevallen.

Sobald er in seinem Zimmer war, wurde die Tür geschlossen.

Zodra hij in zijn kamer was, werd de deur gesloten.

Und sobald die Tür geschlossen war, wurde der Schrank verriegelt.

En zodra de deur dicht was, werd het slot vergrendeld.

Gregor erschrak über das unerwartete Geräusch hinter ihm.

Gregor schrok van het onverwachte geluid achter hem.

Und vor lauter Überraschung knickten seine Beine unter ihm ein.

En door de plotselinge schrik begaven zijn benen het.

Es war seine Schwester, die hinter ihm zur Tür geeilt war.

Het was zijn zus die achter hem aan naar de deur was gerend.
Sie stand bereits aufrecht da und wartete auf ihn.
Ze stond daar al rechtop en wachtte op hem.
Dann machte sie einen leichten Sprung nach vorn, ohne dass Gregor es hörte.
Vervolgens sprong ze lichtvoetig naar voren, zonder dat Gregor het hoorde.
"Endlich!", rief sie laut, als sie den Schlüssel umdrehte.
"Eindelijk!" riep ze hardop, terwijl ze de sleutel omdraaide.
„Was nun?", fragte sich Gregor, allein in der Dunkelheit.
'Wat nu?', vroeg Gregor zich af, alleen in het donker.
Er merkte bald, dass er sich überhaupt nicht mehr bewegen konnte.
Hij ontdekte al snel dat hij zich helemaal niet meer kon bewegen.
Doch seine Unbeweglichkeit überraschte ihn nicht wirklich.
Maar hij was niet echt verrast door zijn onbeweeglijkheid.
Sich auf so dünnen Beinen fortbewegen zu können, erschien lächerlich.
Het leek absurd dat iemand zich op zulke dunne benen kon voortbewegen.
Er wusste nicht, wie ihm das jemals gelungen war.
Hij wist niet hoe hij het ooit voor elkaar had gekregen.
Abgesehen davon fühlte er sich aber relativ wohl.
Maar afgezien daarvan voelde hij zich relatief op zijn gemak.
Es stimmt, dass er am ganzen Körper tiefe Schmerzen verspürte.
Het klopt dat hij hevige pijn door zijn hele lichaam voelde.
Doch der Schmerz schien immer schwächer zu werden.
Maar de pijn leek steeds minder te worden.
Und er hatte das Gefühl, der Schmerz würde irgendwann verschwinden.
En hij had het gevoel dat de pijn uiteindelijk zou verdwijnen.
Er spürte den faulen Apfel in seinem Rücken kaum noch.
Hij voelde de rotte appel in zijn rug nauwelijks meer.
Er dachte mit Rührung und Liebe an seine Familie zurück.
Hij dacht met emotie en liefde terug aan zijn familie.

Er spürte die Gefühle seiner Schwester noch stärker als sie selbst.

Hij voelde de emoties van zijn zus nog sterker dan zijzelf.

Sie hatte Recht mit dem, was sie gesagt hatte; er musste gehen.

Ze had gelijk met wat ze had gezegd; hij moest vertrekken.

Er verbrachte einige Zeit in diesem leeren und friedlichen Zustand.

Hij bracht enige tijd door in deze lege en vredige staat.

Die Uhr schlug dreimal, leise, aber bestimmt.

De klok sloeg drie keer, zachtjes maar vastberaden.

Gregor wurde sanft aus seinen Betrachtungen gerissen.

Gregor werd zachtjes uit zijn overpeinzingen gehaald.

Er beobachtete, wie das Morgenlicht langsam in sein Zimmer drang.

Hij keek toe hoe het ochtendlicht langzaam zijn kamer binnenstroomde.

Dann sank sein Kopf völlig nach unten, ohne dass er es wollte.

Toen zakte zijn hoofd geheel naar beneden, tegen zijn wil in.

Und sein letzter Atemzug entwich schwach aus seinen Nasenlöchern.

En zijn laatste adem ontsnapte zwakjes uit zijn neusgaten.

Das Dienstmädchen kam früh am Morgen in sein Zimmer.

De dienstmeid kwam 's ochtends vroeg zijn kamer binnen.

Bei ihrem üblichen kurzen Besuch fand sie nichts Ungewöhnliches vor.

Tijdens haar gebruikelijke korte bezoek trof ze niets ongewoons aan.

Aus Kraft und in Eile knallte sie alle Türen zu.

In haar overgave en haast sloeg ze alle deuren dicht.

An ruhigen Schlaf war in der gesamten Wohnung nicht zu denken.

In het hele appartement was het onmogelijk om rustig te slapen.

Sie war gebeten worden, dies morgens zu vermeiden.

Er was haar gevraagd dit 's ochtends te vermijden.
Sie glaubte, er läge absichtlich so regungslos da.
Ze dacht dat hij daar expres zo roerloos lag.
Vielleicht wollte er ihr zeigen, dass er beleidigt war.
Misschien wilde hij haar laten zien dat hij zich beledigd voelde.
Sie vertraute darauf, dass er über alle Arten von Intelligenz verfügte.
Ze vertrouwde erop dat hij over allerlei soorten intelligentie beschikte.
Sie hielt zufällig den langen Besen in der Hand. ·
Ze had toevallig de lange bezem in haar hand.
Also versuchte sie von der Tür aus, Gregor ein wenig zu kitzeln.
Vanuit de deuropening probeerde ze Gregor een beetje te kietelen.
Sie war etwas verärgert darüber, dass er überhaupt nicht reagierte.
Ze was een beetje geïrriteerd dat hij helemaal niet reageerde.
Deshalb stieß sie ihn diesmal etwas energischer an.
Dus duwde ze hem deze keer wat steviger aan.
Als er keinen Widerstand leistete, sah sie genauer hin.
Toen hij geen weerstand bood, bekeek ze hem van dichterbij.
Bald begriff sie, was Gregor wirklich zugestoßen war.
Ze besefte al snel wat er werkelijk met Gregor was gebeurd.
Sie öffnete die Augen noch weiter und pfiff vor sich hin.
Ze opende haar ogen wijder en floot zachtjes voor zich uit.
Doch sie zögerte nicht lange, bevor sie die Tür öffnete.
Maar ze aarzelde geen moment voordat ze de deur opende.
Und sie rief mit lauter Stimme in die Dunkelheit:
En ze riep met luide stem in de duisternis:
"Komm und sieh es dir an, da liegt es, völlig tot."
"Kom eens kijken, daar ligt het, helemaal dood."
Die beiden Eltern saßen aufrecht in ihrem Ehebett.
De twee ouders zaten rechtop in hun echtelijk bed.
Zuerst mussten sie den Lärmschock überwinden.
Eerst moesten ze de schok van het lawaai verwerken.

Doch dann begannen sie langsam, ihre Botschaft zu verstehen.

Maar toen begonnen ze haar boodschap langzaam te begrijpen.

Herr und Frau Samsa sprangen jeweils von ihrer Seite des Bettes.

Meneer en mevrouw Samsa sprongen allebei uit hun kant van het bed.

Herr Samsa warf sich die dicke Decke über die Schultern.

Meneer Samsa gooide de dikke deken over zijn schouders.

Und Frau Samsa kam nur im Nachthemd heraus.

En mevrouw Samsa kwam naar buiten, gekleed in niets anders dan haar nachtjapon.

Und so gelangten sie in Gregors Zimmer.

En zo kwamen ze Gregors kamer binnen.

Inzwischen hatte sich auch die Tür zum Wohnzimmer geöffnet.

Ondertussen was ook de deur naar de woonkamer opengegaan.

Grete hatte dort geschlafen, seit die Mieter eingezogen waren.

Grete sliep daar al sinds de huurders er waren ingetrokken.

Sie war vollständig angezogen, als hätte sie überhaupt nicht geschlafen.

Ze was volledig aangekleed, alsof ze helemaal niet had geslapen.

Ihr blasses Gesicht schien ebenfalls ihren Schlafmangel zu beweisen.

Haar bleke gezicht leek ook te bewijzen dat ze slaapgebrek had.

„Er ist tot?", fragte Frau Samsa und blickte die Magd an.

'Is hij dood?' vroeg mevrouw Samsa, terwijl ze naar de dienstmeid keek.

Das hätte sie selbst überprüfen können, indem sie ihn angesehen hätte.

Ze had dit kunnen bevestigen door hem zelf te bekijken.

„Ich glaube schon", sagte das Dienstmädchen und hob den
Besen auf.
"Ik denk het wel," zei de dienstmeid, terwijl ze de bezem
oppakte.
Und sie schob seinen Körper ein langes Stück über den
Boden.
En ze duwde zijn lichaam een flink stuk over de vloer.
Frau Samsa machte eine Bewegung, als wolle sie sie
aufhalten.
Mevrouw Samsa maakte een beweging alsof ze haar wilde
tegenhouden.
Doch am Ende ließ sie das Dienstmädchen Gregor
herumschieben.
Maar uiteindelijk liet ze het dienstmeisje Gregor rondleiden.
„Nun", sagte Herr Samsa, „endlich können wir Gott
danken."
"Welnu," zei meneer Samsa, "eindelijk kunnen we God
danken."
Er bekreuzigte sich; Kopf, Brust, Schultern.
Hij maakte het kruisgebaar: hoofd, borst, schouders.
Und die drei Frauen folgten seinem religiösen Beispiel.
En de drie vrouwen volgden zijn religieuze voorbeeld.
Grete, die den Blick nicht von der Leiche abwandte, sagte:
Grete, die haar ogen niet van het lijk afwendde, zei:
„Seht nur, wie dünn er war! Er hat so lange nichts gegessen."
"Kijk eens hoe mager hij is, hij heeft al zo lang niet gegeten."
„Das Futter, das ich ihm jeden Morgen hinstellte, war immer
unberührt."
"Het eten dat ik hem elke ochtend gaf, bleef altijd
onaangeraakt."
Tatsächlich war Gregors Körper völlig flach und trocken.
In werkelijkheid was Gregors lichaam volledig plat en droog.
Dies war nun, da er am Boden lag, deutlicher zu erkennen.
Dit was nu duidelijker zichtbaar, nu hij op de grond lag.
Weil sein Körper nicht mehr von seinen Beinen
hochgehalten wurde.
Omdat zijn lichaam niet langer door zijn benen werd opgetild.

Und weil es nichts anderes gab, was die Aussicht beeinträchtigte.

En omdat er verder niets was dat het uitzicht afleidde.

„Komm doch für eine Weile mit uns herein, Grete", sagte Frau Samsa.

"Kom even bij ons binnen, Grete," zei mevrouw Samsa.

Während sie sprach, lag ein gequältes Lächeln auf ihren Lippen.

Er verscheen een pijnlijke glimlach op haar lippen terwijl ze sprak.

Grete folgte ihnen, blickte aber auch immer wieder zurück auf die Leiche.

Grete volgde hen, maar keek ook nog even achterom naar het lijk.

Das Dienstmädchen schloss die Tür und öffnete das Fenster ganz.

De dienstmeid sloot de deur en opende het raam volledig.

Es war noch früh, daher wäre die Luft normalerweise kalt.

Het was nog vroeg, dus de lucht was normaal gesproken koud.

Doch in der kalten Luft lag auch ein Hauch von Wärme.

Maar er was ook een vleugje warmte in de koude lucht.

Wie eine sanfte Erinnerung daran, dass es nun Ende März war.

Als een subtiele herinnering dat het einde van maart was aangebroken.

Die drei Mieter verließen nun ebenfalls ihr Zimmer.

De drie huurders verlieten nu ook hun kamer.

Sie schauten sich staunend nach ihrem Frühstück um.

Ze keken vol verbazing om zich heen naar hun ontbijt.

Das Frühstück wurde vergessen, wegen dem, was das Dienstmädchen gefunden hatte.

Het ontbijt werd vergeten vanwege wat de dienstmeid aantrof.

„Wo gibt es Frühstück?", grummelte der mittlere Herr.

"Waar is het ontbijt?" mopperde de middelste heer.

Das Dienstmädchen legte den Finger an den Mund, um Ruhe zu gebieten.

De dienstmeid legde een vinger op haar lippen om stilte te gebieden.

Und sie winkte den Herren hastig und stumm zu.

En ze zwaaide haastig en zwijgend naar de heren.

Das Dienstmädchen geleitete die drei Herren in den Raum.

De dienstmeid begeleidde de drie heren naar de kamer.

Und sie erklärte ihnen weiterhin, was geschehen war.

En ze bleef hun uitleggen wat er gebeurd was.

Und die drei Herren standen um Gregors Leichnam herum.

En de drie heren stonden rond het lijk van Gregor.

Mit den Händen in den Taschen blickten sie nach unten.

Met hun handen in hun zakken keken ze naar beneden.

Das Morgenlicht hatte den Raum nun vollständig durchflutet.

Het ochtendlicht had de kamer nu volledig overspoeld.

Dann öffnete sich die Schlafzimmertür und Herr Samsa erschien.

Toen ging de slaapkamerdeur open en verscheen meneer Samsa.

Auf der einen Seite saß seine Frau, auf der anderen seine Tochter.

Aan de ene kant stond zijn vrouw, en aan de andere kant zijn dochter.

Herr Samsa trug inzwischen bereits seine Uniform.

Meneer Samsa droeg inmiddels al zijn uniform.

Man konnte sehen, dass sie alle ein bisschen geweint hatten.

Je kon zien dat ze allemaal een beetje hadden gehuild.

Grete drückte ihr Gesicht an den Arm ihres Vaters.

Grete drukte haar gezicht tegen de arm van haar vader.

„Verlassen Sie sofort meine Wohnung!", befahl Herr Samsa.

"Verlaat mijn appartement onmiddellijk!" beval meneer Samsa.

Und er deutete auf die Tür, ohne die Frauen gehen zu lassen.

En hij wees naar de deur zonder de vrouwen te laten gaan.

„Was meinen Sie damit?", fragte der Mittelsmann verunsichert.

'Wat bedoelt u?' vroeg de tussenpersoon, zichtbaar verward.

Und er gab sich alle Mühe, Herrn Samsa freundlich anzulächeln.

En hij deed zijn best om vriendelijk naar meneer Samsa te glimlachen.

Die anderen beiden hielten ihre Hände hinter dem Rücken.

De andere twee hielden hun handen achter hun rug.

Und sie rieben sich erwartungsvoll die Hände.

En ze wreven vol verwachting hun handen tegen elkaar.

Offenbar erwarteten sie einen lauten Streit.

Ze leken een luidruchtige ruzie te verwachten.

Aber sie schienen sich auf die bevorstehende Auseinandersetzung zu freuen.

Maar ze leken blij te zijn met de aanstaande discussie.

Sie dachten, der Streit würde zu ihren Gunsten ausgehen.

Ze dachten dat het geschil in hun voordeel zou uitpakken.

„Ich meine genau das, was ich eben gesagt habe", antwortete Herr Samsa.

"Ik bedoel precies wat ik net zei," antwoordde meneer Samsa.

Er ging mit seinen beiden Begleitern in einer geraden Linie.

Hij liep in een rechte lijn met zijn twee metgezellen.

Und Herr Samsa ging direkt auf ihren Anführer zu.

En meneer Samsa benaderde rechtstreeks hun hoofdman.

Der Herr blieb zunächst stehen und blickte zu Boden.

De heer bleef eerst stil staan en keek naar de grond.

Die Gedanken in seinem Kopf waren noch im Wandel.

De inhoud van zijn hoofd was zich nog aan het ordenen.

"Gut, dann gehen wir", sagte er und blickte zu Herrn Samsa auf.

'Goed, we gaan,' zei hij, en keek op naar meneer Samsa.

Eine neue Demut schien ihn plötzlich ergriffen zu haben.

Een nieuwe nederigheid leek hem plotseling te hebben overvallen.

Und er schien um Erlaubnis für diese Entscheidung zu bitten.

bitten.

En hij leek toestemming te vragen voor deze beslissing.
Herr Samsa öffnete die Augen weit und nickte leicht.
Meneer Samsa sperde zijn ogen wijd open en knikte even.
Die Herren folgten seinem Befehl unverzüglich.
De heren gehoorzaamden onmiddellijk zijn bevel.
Und sie machten tatsächlich große Schritte in den Flur hinein.
En ze zetten daadwerkelijk lange passen in de gang.
Seine Freunde hatten bereits aufgehört, sich die Hände zu reiben.
Zijn vrienden waren al gestopt met in hun handen te wrijven.
Sie hatten mitgehört, wie das Gespräch verlaufen war.
Ze hadden geluisterd naar hoe het gesprek verliep.
Und nun rannten sie ihm nach, als ob sie Angst hätten.
En nu renden ze achter hem aan, alsof ze bang waren.
Es ist möglich, dass Herr Samsa sie immer noch von ihrem Anführer isoliert.
Meneer Samsa zou hen nog steeds van hun leider kunnen isoleren.
Sie zogen ihre Stöcke aus dem Stöckebehälter.
Ze haalden hun stokken uit de stokhouder.
Und sie verbeugten sich schweigend, bevor sie die Wohnung verließen.
En ze maakten een stille buiging voordat ze het appartement verlieten.
Herr Samsa und die beiden Frauen traten aus dem Vorplatz.
Meneer Samsa en de twee vrouwen verlieten het voorplein.
Aber eigentlich hatten sie keinen Grund, den Männern zu misstrauen.
Maar eigenlijk hadden ze geen enkele reden om de mannen te wantrouwen.
Sie lehnten sich ans Geländer, um zu überprüfen, ob sie weg waren.
Ze leunden tegen de reling om te controleren of ze weg waren.
Die drei Herren kamen tatsächlich die Treppe herunter.
De drie heren daalden inderdaad de trap af.
In einer bestimmten Kurve der Treppe verschwanden sie.

In een bepaalde bocht van de trap verdwenen ze.

Und dann brachte die Treppe sie wieder in Sichtweite.

En toen bracht de trap hen weer in zicht.

Dieses Erscheinen und Verschwinden wiederholte sich auf jeder Etage.

Dit verschijnen en verdwijnen herhaalde zich op elke verdieping.

Doch schließlich waren sie fast am Ziel.

Maar uiteindelijk waren ze bijna tot de bodem doorgedrongen.

Je weiter sie gingen, desto uninteressanter wurden sie.

Hoe verder ze gingen, hoe minder interessant ze werden.

Alle kehrten erleichtert ins Haus zurück.

Iedereen keerde opgelucht terug naar huis.

Sie beschlossen, den Tag zum Ausruhen und für einen Spaziergang zu nutzen.

Ze besloten de dag te gebruiken om uit te rusten en een wandeling te maken.

Sie waren der Meinung, dass sie sich diese Auszeit von ihrer Arbeit verdient hatten.

Ze vonden dat ze deze pauze van hun werk verdiend hadden.

Sie hatten diese Auszeit nicht nur verdient, sie brauchten sie auch.

Niet alleen verdienden ze deze pauze, ze hadden hem ook nodig.

Sie setzten sich an den Tisch, um Entschuldigungsbriefe zu schreiben.

Ze gingen aan tafel zitten om verontschuldigingsbrieven te schrijven.

Herr Samsa verfasste seinen Entschuldigungsbrief an die Geschäftsleitung.

De heer Samsa schreef een verontschuldigingsbrief aan zijn management.

Frau Samsa schrieb ihren Entschuldigungsbrief an ihre Kunden.

Mevrouw Samsa schreef haar verontschuldigingsbrief aan haar cliënten.

Und Grete schrieb ihren Entschuldigungsbrief an ihren Schulleiter.
En Grete schreef een verontschuldigingsbrief aan haar schoolhoofd.
Während alle schrieben, kam das Dienstmädchen ins Zimmer.
Terwijl ze allemaal aan het schrijven waren, kwam de dienstmeid de kamer binnen.
Ihre Arbeit am Vormittag war erledigt, also ging sie nach Hause.
Haar ochtendwerk zat erop, dus ze ging naar huis.
Die drei Schriftsteller nickten zunächst, ohne aufzusehen.
De drie schrijvers knikten eerst, zonder op te kijken.
Das Dienstmädchen schien aber noch nicht gehen zu wollen.
Maar de dienstmeid leek nog niet weg te willen gaan.
Sie wartete einen Moment, bis die drei Schriftsteller aufblickten.
Ze wachtte even, tot de drie schrijvers opkeken.
„Na?", fragte Herr Samsa verärgert, genau wie die anderen.
'Nou?' vroeg meneer Samsa, boos, net als de anderen.
Das Dienstmädchen stand mit einem Lächeln im Gesicht in der Tür.
De dienstmeid stond met een glimlach op haar gezicht in de deuropening.
Sie erweckte den Eindruck, gute Neuigkeiten zu verkünden zu haben.
Ze gaf de indruk goed nieuws te hebben.
Aber sie würde die Neuigkeit nicht preisgeben, solange sie nicht dazu aufgefordert würde.
Maar ze was niet van plan het nieuws te delen, tenzij erom gevraagd werd.
Die aufrecht stehende Straußenfeder an ihrem Hut schwankte leicht.
De rechtopstaande struisveren op haar hoed wiegden lichtjes heen en weer.

Diese Straußenfeder hatte Herrn Samsa schon immer geärgert.

Die struisvogelveer had meneer Samsa altijd al geërgerd.

„Also, was wollen Sie dann?", fragte Frau Samsa bestimmt.

'Dus, wat wilt u dan?' vroeg mevrouw Samsa vastberaden.

Das Dienstmädchen hatte nach wie vor großen Respekt vor Frau Samsa.

De dienstmeid had nog steeds veel respect voor mevrouw Samsa.

„Ja", antwortete sie und lachte freundlich auf.

"Ja", antwoordde ze, en ze barstte in een vriendelijke lach uit.

Einen Moment lang unterbrach sie ihr Lachen und sie verstummte.

Haar gelach belette haar even te spreken.

„Um das Ding nebenan brauchst du dir keine Sorgen zu machen."

"Je hoeft je geen zorgen te maken over dat ding van de buren."

„Ich habe bereits dafür gesorgt, wie wir es loswerden."

"Ik heb al geregeld hoe we er vanaf komen."

Frau Samsa und Grete schrieben ihre Briefe weiter.

Mevrouw Samsa en Grete bleven hun brieven schrijven.

Herr Samsa bemerkte jedoch, dass das Dienstmädchen noch nicht fertig war.

Maar meneer Samsa merkte dat de dienstmeid nog niet klaar was.

Nun wollte sie alles genauer beschreiben.

Nu wilde ze alles in meer detail beschrijven.

Doch er streckte die Hand aus, um ihre Annäherungsversuche zurückzuweisen.

Maar hij stak zijn hand uit om haar pogingen af te wijzen.

Sie erkannte, dass sie an ihren Plänen kein Interesse hatten.

Ze besefte dat ze niet geïnteresseerd waren in haar plannen.

Und dann erinnerte sie sich an die große Eile, in der sie gewesen war.

En toen herinnerde ze zich de enorme haast die ze had gehad.

„Dann tschüss", sagte sie, sichtlich beleidigt über das mangelnde Interesse.

'Tot ziens dan,' zei ze, beledigd door het gebrek aan interesse.
Bevor sie ging, knallte sie die Tür jedoch mit einem lauten Knall zu.
Maar voordat ze wegging, sloeg ze de deur met een enorme klap dicht.
„Sie wird heute Abend entlassen", sagte Herr Samsa.
"Ze wordt vanavond ontslagen," zei meneer Samsa.
Seine Frau und seine Tochter hatten jedoch keine Zeit, ihm zu antworten.
Maar zijn vrouw en dochter hadden het te druk om hem te antwoorden.
Weil das Dienstmädchen ihren gerade erst gewonnenen Frieden gestört hatte.
Omdat de dienstmeid hun pas verworven rust had verstoord.
Die Mutter und die Tochter standen auf und gingen zum Fenster.
De moeder en de dochter stonden op om naar het raam te gaan.
Und so blieben sie mit den Armen umeinander liegen.
En ze bleven daar, met hun armen om elkaar heen geslagen.
Herr Samsa drehte sich in seinem Stuhl um, um sie anzusehen.
Meneer Samsa draaide zich in zijn stoel om om naar hen te kijken.
Und eine Weile lang beobachtete er sie schweigend, wie sie dort standen.
En een tijdlang keek hij hen zwijgend aan terwijl ze daar stonden.
Schließlich rief er ihnen zu: „Willst du zu mir kommen?"
Ten slotte riep hij hen toe: "Willen jullie naar mij toe komen?"
„Vergessen wir doch einfach all den alten Kram."
"Laten we al die oude dingen maar vergeten, oké?"
"Komm her und schenk mir ein wenig deiner Aufmerksamkeit."
"Kom naar me toe en geef me wat van je aandacht."
Die beiden Frauen taten, wie er gesagt hatte, und eilten zu ihm hinüber.

De twee vrouwen deden wat hij zei en renden naar hem toe.

Sie umarmten ihn herzlich und küssten ihn.

Ze gaven hem een hartelijke knuffel en een kus.

Sie kehrten schnell zurück, um ihre Briefe fertig zu schreiben.

Ze keerden snel terug om hun brieven af te schrijven.

Dann verließen alle drei gemeinsam die Wohnung.

Vervolgens verlieten ze alle drie samen het appartement.

Sie waren seit Monaten nicht mehr zusammen aus dem Haus gegangen.

Ze waren al maanden niet meer samen het huis uit geweest.

Und sie fuhren mit der Straßenbahn an den Stadtrand.

En ze namen de tram naar de buitenwijken van de stad.

Sie hatten den gesamten Waggon der Straßenbahn für sich allein.

Ze hadden de hele tramwagon voor zichzelf.

Von draußen strömte Sonnenschein durch das Fenster.

Het zonlicht stroomde door het raam naar binnen.

Die Familie lehnte sich bequem in ihren Sitzen zurück.

De familie leunde comfortabel achterover in hun stoelen.

Und sie besprachen die Aussichten für ihre Zukunft.

En ze bespraken de vooruitzichten voor hun toekomst.

Bei näherer Betrachtung waren ihre Aussichten gar nicht so schlecht.

Bij nader onderzoek bleken hun vooruitzichten niet slecht.

Alle drei hatten Jobs mit dem Potenzial, mehr zu verdienen.

Alle drie hadden banen met de mogelijkheid om meer te verdienen.

Sie hatten einander nie nach ihrer Arbeit gefragt.

Ze hadden elkaar nog nooit vragen gesteld over hun werk.

Doch nun hatten sie endlich Zeit, solche Dinge zu besprechen.

Maar nu hadden ze eindelijk tijd om zulke dingen te bespreken.

Sie hatten auch die Möglichkeit, in eine kleinere Wohnung umzuziehen.

Ze hadden ook de mogelijkheid om naar een kleiner appartement te verhuizen.

Dies hätte den größten Einfluss auf ihr Leben.

Dit zou de grootste impact op hun leven hebben.

Ihre jetzige Wohnung hatte Gregor ausgesucht.

Hun huidige appartement was door Gregor uitgekozen.

Aber jetzt könnten sie in eine günstigere Gegend ziehen.

Maar nu zouden ze naar een meer betaalbare plek kunnen verhuizen.

Eine kleinere Wohnung, aber eine praktischere.

Een kleiner appartement, maar wel praktischer.

Das Gespräch über die Zukunft machte Grete wieder lebendiger.

Door over de toekomst te praten, werd Grete weer vrolijker.

Herr und Frau Samsa bemerkten auch andere Veränderungen an ihr.

De heer en mevrouw Samsa merkten ook andere veranderingen bij haar op.

Ihre Wangen waren vor lauter Sorgen ganz blass geworden.

Haar wangen waren bleek geworden van al haar zorgen.

Doch ihre Tochter entwickelte sich inzwischen zu einer feinen jungen Dame.

Maar hun dochter ontpopte zich nu tot een ware dame.

Sie war mittlerweile wirklich eine wohlproportionierte und hübsche junge Frau.

Ze was nu echt een goed gebouwde en aantrekkelijke jonge vrouw.

Ihre Eltern wurden still und bewunderten ihre Tochter.

Haar ouders werden stil en bewonderden hun dochter.

Sie wechselten Blicke und kommunizierten unbewusst.

Ze keken elkaar aan en communiceerden onbewust met elkaar.

„Es wird bald an der Zeit sein, einen guten Mann für sie zu finden."

"Het is binnenkort tijd om een goede man voor haar te vinden."

Die Straßenbahn hatte ihr Ziel erreicht und bremste ab.

De tram had zijn bestemming bereikt en minderde vaart.
Ihre Tochter schien ihre neuen Träume zu bestätigen.
Hun dochter leek hun nieuwe dromen te bevestigen.
Sie war die Erste, die aufstand und ihren jungen Körper streckte.
Zij was de eerste die opstond en haar jonge lichaam strekte.